王干、老藤、董学林、素素　主编

汪曾祺

"汪曾祺华语小说奖"
作品丛书

天下太平

首届"汪曾祺华语小说奖"
中短篇小说获奖作品集

著　蔡中锋　樊健军　张悦然　双雪涛　王安忆　莫言

图书在版编目（CIP）数据

天下太平：首届"汪曾祺华语小说奖"中短篇小说获奖
作品集／莫言等著．—北京：生活·读书·新知三联书店，
2018.6
（"汪曾祺华语小说奖"作品丛书）
ISBN 978 - 7 - 108 - 06295 - 6

I.①天… Ⅱ.①莫… Ⅲ.①中篇小说 - 小说集 - 中国 - 当代
②短篇小说 - 小说集 - 中国 - 当代 Ⅳ.① I247.7

中国版本图书馆 CIP 数据核字（2018）第 077683 号

责任编辑　祝晓风　张　惟
装帧设计　刘　洋
责任印制　宋　家
出版发行　**生活·讀書·新知** 三联书店
　　　　　（北京市东城区美术馆东街 22 号　100010）
网　　址　www.sdxjpc.com
经　　销　新华书店
印　　刷　北京市松源印刷有限公司
版　　次　2018 年 6 月北京第 1 版
　　　　　2018 年 6 月北京第 1 次印刷
开　　本　880 毫米 × 1230 毫米　1/32　印张 6.375
字　　数　128 千字
印　　数　0,001 - 6,000 册
定　　价　38.00 元
（印装查询：01064002715；邮购查询：01084010542）

目　录

"汪曾祺华语小说奖"介绍

    "汪曾祺华语小说奖"由中国作家协会《小说选刊》杂志社、辽宁省作家协会、大连汉风国际文化发展有限公司、江苏省高邮市人民政府主办。汪曾祺是二十世纪当之无愧的中国文学大师，他以纯正汉语创作的作品，将现代性和民族性融为一体，把文人精神与民间的文化传统有机结合，是中国当代文学的瑰宝。

    "汪曾祺华语小说奖"为纪念汪曾祺而设立。

    "汪曾祺华语小说奖"评选，重视名家新作，不薄新人力作；以思想性与艺术性互为表里为择取获奖作品的标准；鼓励作家学习汪曾祺，在继承中国优秀文学传统和借鉴外国优秀文化的基础上进行创新，讲好中国故事，写出人民群众喜闻乐见的作品。

    奖励全球优秀的年度华语长篇、中篇、短篇小说及微小说创作，旨在推进"小说走进人民"，推动中华民族文艺事业的繁荣发展，扩大中国文学在世界的影响，弘扬汪曾祺作品所彰显的中国精神、中国气派。

评委名单

主　任

　　阎晶明　中国作家协会党组成员、书记处书记，中国作家协会副主席

副主任

　　王　干　《小说选刊》杂志社负责人

评　委

　　老　藤　辽宁省作家协会主席、党组书记

　　丁　帆　中国现代文学研究会会长

　　苏　童　作家

　　程光炜　中国人民大学文学院教授

　　张清华　北京师范大学文学院院长

　　郜元宝　复旦大学中文系教授

　　李建军　《文学评论》副主编

　　梁鸿鹰　《文艺报》总编辑

　　路英勇　生活·读书·新知三联书店总经理

天下太平

莫言

一

小奥，大名马迎奥，但除了学校里的老师叫他的大名，村子里的人都叫他小奥。

星期天上午，因为下雨，没法放羊，爷爷让小奥在家学习。他趴在炕沿上，翻了几页课本，心中感到厌烦。又看了一遍那本看过很多遍的儿童绘本，更烦。他的目光盯着墙上一只壁虎看，看……突然，那壁虎向一只蚊子扑去。蚊子到嘴时，壁虎的尾巴一声微响，断裂了。另一只壁虎从黑暗中蹿出来，把那条在炕席上跳动着的小尾巴吞了下去。小奥大吃一惊，蹦了起来。他很想把奇迹告诉爷爷，却听到了爷爷响亮的鼾声。原本坐在灶旁用柳条编筐的爷爷手里攥着柳条睡着了。他悄悄地从爷爷身边绕过去，顺手从门后抓起一个破斗笠扣在头上，然后轻轻地穿过院子，蹿出大门。两只拴在柿子树下的山羊咩咩地叫着，他没理睬它们。

雨下得不大不小，头上的破斗笠发出噼噼啪啪的响声。新用水

1

泥铺成的大街上汪着明晃晃的雨水。他一边跳踩着水汪，听着咕叽咕叽的水声，一边念叨着同学们篡改过的诗句："小鳖他老姐，最爱把气生。哭了一整夜，天明不住声。圈里母猪黑，窗上玻璃明。养猪发大财，全家进了城。"

大街上没有人，一条狗夹着尾巴，匆匆地跑过。一只麻雀叼着一只知了从很高的空中飞过。那知了尖厉地鸣叫，拼命地挣扎。小奥听出了知了的愤怒和不服气，这么大的知了被小麻雀儿擒住，它怎么能够服气？果然，那知了挣脱了麻雀的嘴，尖叫着钻到天上去了。小奥从来没有想到知了能飞得这样高。那只失去了猎物的麻雀，筋疲力尽地落在张二昆家的门楼上，半天才发出了一声叫，仿佛老人叹气。

张二昆家的大门是村子里最气派的大门。在张二昆家大门两侧白色的墙上，右边写着"改建新式厕所"，左边写着"享受文明生活"。张二昆是村子里最大的官。村里人都不乐意把改建厕所的宣传口号写到自家墙上，二昆说那就写到我家墙上。张二昆当官两年就把这个乱得出名的村子治理得服服帖帖。张二昆让村子里的人都坐上了马桶。张二昆说农民坐着拉屎是小康社会的重要标志。小奥想到刚开始爷爷蹲到马桶上骂二昆，过了几天爷爷坐到马桶上夸二昆。张二昆当官前是村子里最大的刺儿头。他曾经将他的前任拖到村西头那个大湾里。小奥记得那天的场面，真像过节一样。那个官不会游泳，在湾里挣扎，喝湾水把肚子都喝大了。那个官刚爬到湾沿上就被张二昆踢下去。爬上来又踢下去。爬上来又踢下去。后来那个官哭着说："二昆，爷爷，我承认了还不行？"张二昆说："你大点声说，让大家伙都听到，你承认了什么？"那个官说："乡亲们，我承认，我将黑青铁路占咱们村的公留地的赔偿款挪用了一点点。"张二昆说："大家伙儿都把手机拿出来录视频，你大点声，当着大家的面说清，说你贪污了多少，怎么贪污的。说不说？不说你今天就在湾里泡着吧……"小奥记得那是前年二月里的事儿，湾里的冰刚刚融化，水很凉，小北风一吹，站在湾边的人都忍不住打哆嗦。大家都开了手机录视频，那个官站在湾沿，浑身流着水，嘴唇发青，哆嗦着交代罪行。小奥爷爷不会用手机录像，急得跳脚。小奥把爷爷的手机夺过来，点了几下。爷爷说："小东西，你跟谁学的？"张二昆说："乡亲们，把证据保存好，千万别删了。我去投案了。"乡亲们说："二昆，我们联名保你。"

　　小奥路过张二昆家大门口时，看到路边停着一辆黑色的奥迪，车后粘着一个银色大壁虎。他畏畏缩缩地靠近那壁虎，想用手指戳戳它。就在他刚刚伸出手指时，一扇大门嘎嘎响着打开了。张二昆跟随着一个五大三粗的黑汉子走出来。那黑汉子腆着肚子，腰带扎在肚脐下边。张二昆与那黑汉子握手，脸上挂着笑，嘴里连声说："您尽管放心，袁武的工作我去做。"小奥不认识黑汉子，但他知道袁武是他的同学袁小鳖的爹。袁小鳖大名叫袁晓杰，小鳖是他的外号。黑汉子距离奥迪车还有七八步时，司机从车里猛然钻出来，把小奥吓了一跳。司机小快步绕到车右，拉开后边的车门。黑汉子对着张二昆双手抱拳晃了晃，弯腰钻进车里，车体猛地落下去一截，

3

车轮也瘪了一些。司机不轻不重地推上车门，然后疾步回到驾驶座上。车轻快地往前跑去，排气管里冒出白色的雾气。张二昆对着车招手，目送着车沿着湾边的公路右拐北去。这时，他才像突然发现了似的，惊讶地问："小奥，你在这里干什么？"小奥指一指门楼上的麻雀，悄悄地说："知了飞了。"张二昆冷笑一声，道："什么知了飞了，回家写作业去。"

小奥站得笔直，盯着张二昆看。他看到张二昆穿着一件壁虎牌T恤衫，胳膊上刺着一条青色的壁虎，与T恤衫上那条壁虎上下呼应。张二昆虎着脸说："看什么？鳖羔子，回家让你爷爷给你爹娘打电话，让他们赶快滚回来，我们太平村要干大事，不用出去打工了。"张二昆转身进门，大门哐当一声关上。这时，小奥发现那只麻雀大概是死了，因为它蹲在瓦楞上一动不动。它一定是气死的，小奥想，麻雀气性真大。

二

溜达到村西大湾，他看到湾边有两个男人在打鱼。两个男人一高一矮，高的年轻，矮的年老。他听到那个高的叫了一声爹，才知道这是爷儿俩。现在的儿子都比爹高，他记得张二昆站在大街上说，儿子为什么都比爹高？是人种进化了吗？非也，非也，是生活水平提高了！他们身上都披着那种带连帽的红色塑料雨衣，手里都提着一张旋网。湾水灰白，疏密不定的雨点儿将水面敲打得千疮百

4

孔，细密的乳白色雾气升起来。红色的打鱼人站在水边显得格外醒目。湾边有十几棵粗大的垂柳，树干因雨淋湿而发黑，柔软的绿色枝条，直探到水里。有几只燕子贴着水面飞翔。最北边那棵柳树下倒扣着一条锈得发红的铁皮船，这是前任村官购置的。他异想天开，想吸引城里人到湾里来划船。小奥不记得有人坐过这条船，从他记事起这条船就这样倒扣在柳树下。那两个打鱼人赤着脚，挽着裤子，裸露着小腿。老打鱼人枯树干一样的小腿上，沾着褐色的泥。年轻打鱼人的小腿很白，丰满的腿肚子上沾着黑泥。他们的面目模糊不清，但口中不时龇出的白牙齿，让小奥感到他们是在按捺不住地窃笑。他们手中提着的旋网，底下拴着铅制的沉重的网脚，散开口比碾盘还大。他们在撒网前，总是先站稳脚跟，铆足了劲儿，掂掂量量，唰的一声，就撒出去了。网在空中短暂飞行，接触到水面的那一刹那，网脚已经散开，像一张圆形的大嘴，带着吞噬水中万物的霸气，把一片水域罩住。稍停片刻，打鱼的人开始往上拉网，缓缓地，试探着，小心翼翼。网的上端是细的，越往下越粗大。拖上来的部分，淅淅沥沥地滴着水，一环一环地挽在臂弯里。水底的淤泥被网脚拖动，湾里的水浑浊起来，漾起了怪臭的气味。到了最后，整个网脱离了水面，打鱼人将身体弯下去，用胳膊挽着网，猛地提起来。这时的网分明重了许多。可以看到网里纠缠着黑色的水草，还有活的东西在水草里挣扎。打鱼人把网提到湾边较为平坦的地方散开，将网中兜住的东西抖出来，有水草，有淤泥，有沤烂了的鸡毛掸子，有破塑料盆，有砖头瓦块，还有各种颜色的塑料袋子。但每一网总有几条鱼，大都是鲫鱼，明晃晃的，像犁铧一样。好大的鲫鱼啊。小奥兴奋地想着，看着。黑色的蛤蟆，在那些被网拖上来的淤泥和水草中，笨拙地爬动着。打鱼的人把蹦跳着的鲫鱼按住，抓起来，塞进腰间的蒲草包里。与那些大鲫鱼相比，蒲包的口儿似乎小了。有几网，除了鲫鱼，还有黄鳝，还有泥鳅。

最为奇特的一网，是儿子撒出的。儿子比老子高出半个头，胳膊也长出一截，力气也显然比老子大得多。小奥看到那儿子在水边站成一个马步，有条不紊地将网理好，挽在胳膊上，然后身体前探，猛地撒了出去，嘴巴里发出哎嗨一声，那网直飞到大湾深水处，无一折叠地打开，成一个优美大圆。这一网连小奥也觉得精彩，嘴巴里发出赞叹之声。老头子更是欣赏，眼睛里放射出光彩。网沉水中，稍候片刻，儿子便慢慢收网，一截一截地，挽到胳膊上。下边越来越粗，网眼越来越大，网眼上形成的水膜儿哔哔响着破裂。网猛烈地抖动了一下，湾水中泛起灰绿的浪花，似乎网住了大家伙。小奥看过很多次打鱼，知道网住大鱼一定不能急，如果拉急了，大鱼暴躁起来，一挺身子，那锋利的鳍尾，就把网给豁了。儿子的脸色顿时凝重起来，老头子也不再撒网，看儿子收网，低声提醒着："稳着点，稳住……"那网收到五分之四的样子，网里又有一次大动，儿子和老子的脸色都成了铁。老子将自己手中的渔网放下，低声说："不要拉了，稳住。"老子小心翼翼地下了水。儿子说："爹，你来拢着网，我下去，"老子不回答，慢慢往水中走。水淹到了他的肚子。他弯下腰，摸着网口的铅坠，慢慢往里拢。小奥虽然看不到,但他知道那网口已经在水下合拢。老子给儿子使了一个眼色,儿子手上又使了劲儿。老子在水里几乎把网揽在怀里,慢慢地往前推,终于靠近了水边。爷儿俩配合默契,将臭烘烘的网抬出水面,沿着倾斜而滑溜的湾涯,水淋淋地拖到了湾边的水泥路上。

他们竟然网上来一只鳖。一只浅黄色的大鳖,比芭蕉扇子还要大一圈儿。那鳖一出网就飞快地往湾里爬,儿子用双手按着鳖盖子,才制止了它的爬行。老打鱼人从腰里摸出一根白色的尼龙绳子,拴住大鳖的后腿。他看看儿子的腰间,又看看自己的身上。爷儿俩腰间的蒲包都塞得鼓鼓胀胀。小奥知道他是想把这只大鳖挂在儿子或是自己腰间,然后继续打鱼。但这只鳖实在是太大了,无法挂。这时,老打鱼人看了小奥一眼。

小奥忽然意识到,这个大湾子,是属于自己村的,湾里的鱼,应该是村子里的财产,这两个不知哪里来的打鱼人,打走了这么多鱼,还有一只价值不菲的大鳖,这是明目张胆的偷盗。他正犹豫着是不是应该去向张二昆报告时,听到那个年轻的打鱼人说:

"爹啊,这个大鳖足有十斤重,蒲包子也满了,我们该回去了吧?"

"急什么?"老打鱼人压低了嗓门说,"今日该咱们爷儿俩发利市了……"

"没地方盛鱼了啊!"年轻的打鱼人大声说。

"小点声音,怕村子里人不出来是不是?"

老打鱼人不满地责备着儿子，然后说："把裤子脱下来。"

"干什么？"儿子疑问着，但还是摘下腰间的蒲包，将裤子脱了下来。

老打鱼人看了小奥一眼，将拴鳖的绳子递给儿子，自己也弯腰脱下裤子。老打鱼人的内裤破了一个窟窿，幸亏有塑料雨衣遮挡着。老打鱼人先将自己的裤子两条腿扎起来，撑开裤腰，让儿子用脚踩住拴鳖的绳子，腾出手，把蒲包里的鱼，扑棱扑棱地倒了进去。然后他又将儿子的裤子腿扎起来，将自己蒲包里的鱼倒进去。他从裤腰上抽出发黑的牛皮腰带，扎在红色塑料雨衣外，显得很是精干。儿子学着老子的样子，把棕色的人造皮腰带抽下来，扎在红色塑料雨衣外，显得很是利落。最后，老打鱼人折了几根柔软的柳条，将裤腰扎起来。老打鱼人黑色的裤子和他儿子的灰色的裤子，就像两条分岔的口袋，鼓鼓囊囊地躺在路上。雨点儿落到裤子上，鱼在裤子里扑棱着。小奥知道，如果是鲢鱼，离水片刻就死，但鲫鱼命大，离水许久，还能扑棱。

老打鱼人扯着拴鳖的绳子，看看小奥，笑着说："小伙计你好啊！"

小奥点点头，没有搭腔。但老打鱼人脸上的微笑，消解了他心中的敌意。老打鱼人将那两裤子鱼放在那棵裸根如龙的大柳树下，又把那只大鳖，拴在了柳树凸出地面的根上。他做好了这些，低声对小奥说："小伙计，帮我们看着，别吭声，我们走时，会送给你两条鱼，两条最大的鱼。"

8

小奥看着那两裤子鱼和那只大鳖，依然没有吭气。

那只大鳖错以为得到了解放，急匆匆地往湾里爬，但拴住它后腿的细绳很快就拽住了它，它一挣扎，就被绳子拴住，一条后腿被长长地拉出来。再一用力，它翻了跟斗，肚皮朝天，四条腿蹬歪着，好不容易翻过身来，继续往前爬，随即又被拖翻，肚皮朝了天，再翻过来，再挣扎。折腾了几次，它不动了，似乎在生闷气，两只绿豆小眼里放射出阴森森的光芒。

小打鱼人蹲下身，脸上流露出孩子般的顽皮神情，伸出一根手指，去戳鳖甲。他得意地说："爹，其实咱有这只老鳖就够了，野生大鳖，贱卖也要给咱们两千……"

老打鱼人瞪了儿子一眼，低声呵斥："闭嘴吧你！"

小打鱼人继续用手指戳鳖甲，甚至去戳鳖头，脸上的喜色掩饰不住地洋溢出来。

"你找死啊？"老打鱼人训斥道，"被这样的野生老鳖咬住手指，它是死活不会松口的。"

"说得怪吓人的……"小打鱼人不屑地嘟哝着，但那根刚触到鳖头的食指，机敏地缩了回来。

"不被鳖咬你就不知道鳖的厉害！"老打鱼人说着，突然打了几个喷嚏，低声嘟哝几句什么后，对小奥说，"小伙计，怎么样？今天算你好运气，既看了热闹，又白得两条大鱼。"

"我不要鱼，"小奥盯着老打鱼人眼睛，低声说，"我不要鱼。"

"你不要鱼？"老打鱼人皱了皱眉头，问，"你竟然不要鱼，那你想要什么？"

"我要这只鳖。"

"你要这只鳖？"老打鱼人冷笑一声，说，"你可真敢开牙！"

"我不要鱼，我就要这只鳖。"小奥坚定地说。

"你知道这只鳖值多少钱吗？"小打鱼人提高了嗓门，说，"这两裤子鱼，也卖不过这只鳖。"

"我不管，你们如果要让我看鱼，我就要这只鳖。"小奥说。

"我们凭什么要给你这只鳖？"小打鱼人顶了小奥一句，看着他的爹，不满地说，"我们为什么要他看？鱼装在裤子里，鳖拴在树根上，跑不了的。"

小奥傲慢地说："我根本就没要给你们看鱼，是你们让我给你们看鱼，是你们要给我两条大鱼。"

"那么，"小打鱼人说，"我们现在不要你给我们看鱼了，我们也不要送你鱼了。"

雨不大不小地下着，鱼在湾里翻着花儿，发出哗啦哗啦的声音，湾里散发着腥臭的气味。

老打鱼人看了一眼湾里的水，说："小伙计，你先帮我们看着，至于这只鳖，等我们要走的时候，再跟你商量，也许，我们高了兴，还真的把它送给你。但如果你捣蛋，惹我们不高兴了，那我们不但不会送你鳖，我们连一片鱼鳞也不会送给你。"

"你们去打鱼吧，反正我要这只鳖。"

"反正你要这只鳖？！"小打鱼人轻蔑地说，"反正个屁！我们

10

什么也不会给你，你能怎么样？"

"我能怎么样？"小奥冷冷地说，"我能跑到村子里去，到张二昆家，告诉他，来了两个打鱼的，把湾子里的鱼快要打光了，还打了一只鳖，一只大鳖。他们已经打了满满两裤子鱼，他们还在打。"

"这鱼是野生的，鳖也是野生的，我们为什么不能打？"小打鱼人说。

"这个大湾子是我们村子里的，"小奥说，"这湾子里的鱼，自然也是我们村子里的。"

"屁，你们村子里的，你叫叫它们，它们答应吗？如果你叫它们，它们答应，那就算是你们的。"小打鱼人说。

"我叫它们，它们不会答应，"小奥毫不示弱地说，"但张二昆叫它们，它们就会答应。张二昆家里养着一条狼狗，像小牛一样高大，每次可以吃五斤肉。张二昆家还有一面大铜锣，他一敲锣，全村的人都会跑来，把你们围起来，没收你们的鱼，没收你们的鳖，没收你们的网。如果你们不老实，就把你们扔到湾子里去，哼！"

"吓唬谁啊？我们是吃着粮食长大的，不是被人吓唬着长大的。"小打鱼人说。

"你这个小伙计，年纪不大，口气不小啊！"老打鱼人看看湾子里被雨点儿打得麻麻皴皴的水面和大鱼不断翻起的浪花，抬手擦了一把脸上的水珠，说，"小伙计，你也不用吓唬我们，我和张二昆，早就认识，我们两家，还是瓜蔓子亲戚，论道起来，他该叫我表叔。你叫来他，他就会请我们去他家喝酒。我不愿意惊动他，是怕给他添麻烦呢。"

小奥冷笑着，不说话。

"其实，不就是一只鳖吗？"老打鱼人说，"等我们把这两个蒲包打满，我们就把这只鳖送给你。但你必须帮我们看着这些鱼。"

"好吧，我帮你们看着鱼。"小奥说。

"爹，你真是慷慨！"小打鱼人气哄哄地说，"我们凭什么给他？"

"行了，你就少说两句吧。赶快，趁着雨天鱼儿往上翻腾，多打几网。"老打鱼人对儿子使了一个眼色，转回头对小奥说，"小伙计，你可千万别戳弄它，被它咬住就麻烦了。"

两个打鱼人急匆匆地沿着斜坡下到水边，他们不时地回头看树下，显然是对小奥不放心。他们对着湾中大鱼翻花的地方将网撒下去，丰盛的收获，使他们暂时忘记了往这边张望。

小奥看看空无一人的街道和寂静的村子，心中又感到无聊。他看到有几户人家的烟筒里冒出了白色的炊烟，知道做午饭的时候到了。他有点记挂爷爷了，但既然答应了给人看鱼，而且那个老打鱼人已经答应了会将这只大鳖给自己，他不能离开。他想，这只老鳖到手后，是拎到集市上卖了呢，还是炖汤给爷爷补身体？自从去年奶奶去世后，他发现爷爷的身体越来越不好了。爷爷过去编筐时从不困觉，现在爷爷编筐时经常打呼噜。爷爷是编筐的高手，张二昆说要帮爷爷把筐卖给外国人。

裤子里的鱼渐渐地安静下来，那只大鳖也认了命似的一动不动。

小奥仔细地观察着这只鳖，只见它背甲绿里泛黄，甲壳上布满花纹。甲边的肉裙又肥又厚。脖子周围，臃着黑色的疙瘩皮，头是黑的，但鼻子是白的。小奥知道这是只上了岁数的老鳖，心中生出几丝敬畏。小奥看到鳖头上那两只晶亮的绿豆眼放射着仇恨的光芒，忽然感到身上发冷，很多从爷爷和奶奶嘴里听过的鳖精故事涌上心头。小奥觉得眼前这只被拴住后腿的鳖，就是一只鳖精，只要它一施展法术，就会水势滔天，决堤毁岸。只要它摇身一变，就会变成一个白胡子老头，站在自己面前，讲述前朝旧事。那老鳖似乎看出了他的胆怯，猜到了他的心思，两只小眼的光芒愈发地明亮凶狠起来。

　　一时间小奥不敢与鳖眼对视，他用求助的目光去寻找打鱼人，却发现他们已经转到大湾的对面去了。他们的面目已经模糊不清，身上的红色雨衣在雨中澶化成两大团颜色，他们的旋网像一道道明亮的闪电，不时地在水面上颤抖着展开。他想喊叫他们，但突然感到他们行迹诡异，也许他们也是鳖洞里的老鳖，幻化成人形，来考验他的意志和忠诚。于是就努力地回忆他们的模样，越想越觉得他们的容貌怪异，仿佛带着假面的妖精。他抬头往远处看，正好看到那条从大湾南面斜着穿过的黑青铁路上，有一列绿色的只有四节车厢的火车无声地滑过。车上似乎也没有乘客，一闪而过的车窗上似乎都挂着洁白的窗帘。他记起村里人关于这条铁路和这列神秘列车的议论。人们实在想不明白为什么要占数万亩的良田，花数十亿的资金修这样一条斜劣霸道的铁路，每天只有这样一列似乎什么也没拉的火车从这里滑过去，列车时刻表上查不到这列火车的任何信息。他于是感到这条铁路、这列火车都与这个大湾里的老鳖有关系。鳖洞是不是像那些绘本上所画的那样，连通着另外一个世界？而另外那个世界里的人，长得是否跟老鳖一样？

越想越怕，低头看老鳖，似乎觉醒了似的，又开始了挣扎，重复着向前爬行、绳拖后腿、四肢朝天、困难翻转、再爬再翻的游戏。小奥下定决心，要放了这个老鳖。他想，既然两个打鱼人也是老鳖变的，那放了同类不正是它们期待的吗？也许这就是应对它们考验的最好的举动。放了老鳖，让鳖精知道我的善良，然后它们就会保佑我的爹娘多挣钱，保佑我的爷爷身体好，保佑我考试得高分……于是小奥解开了树根上的绳子，低声说："你走吧。"但那老鳖竟然一动不动了，刚才还疯狂挣扎呢。小奥看着老鳖，老鳖也瞪着两只小眼看小奥。老鳖尖尖的嘴巴，晶亮阴森的小眼，让小奥感到似曾相识，似乎是在什么地方见过的一个男人的脸。小奥又重复了一声，说："你走吧。"但老鳖依然不动。小奥终于明白，老鳖是不愿意拖着一根尼龙绳子下湾的，那将给它带来诸多的不便，也会让水族们嗤笑。小奥说："老鳖，老鳖，我明白你的意思了。我帮你把绳子解开就是。"小奥弯下腰，试图去解拴在鳖后腿上的绳子时，那老鳖，却以闪电般的速度，咬住了他的右手食指。

三

小奥惨叫一声。与其说是因痛苦而喊叫，不如说是因恐惧而喊叫。他猛地站起来，但不得不随即蹲了下去。因为老鳖咬住了他二分之一的食指，他的站起，只是把老鳖的脖子拽出了腔壳，它的四个爪子牢牢地扒着地面，身体没有动弹。深刻到骨头里的疼痛让小奥不得不乖乖地蹲在了老鳖面前。他感到老鳖的咬劲很大，似乎尖利的牙齿已经刺进了自己的指骨，只要挣扎，半截食指就会断在老鳖的嘴巴里。小奥一屁股坐在地上，大声哭喊起来。

小奥喊叫那两个打鱼人，但他们已经转到了大湾的南边，那两团红色的漶影更加模糊，而那一道道闪电般的网影也更加明亮而梦幻。小奥又往外挣了几下手指，但似乎每挣一下，老鳖嘴巴上的力道就更足了一分。他哭着诉说："老鳖啊老鳖，我是想放你的生啊，我是善良的孩子，我奶奶信佛，不杀生。我刚才想把你杀了给我爷爷炖汤喝是我错了，我一时糊涂了，我只记得行孝，忘了我奶奶对我的教导。老鳖，老鳖，你饶了我吧……"

"小奥，小奥！"绝望中他听到了爷爷的喊声，同时也看到了爷爷的身影。他不敢大声回应，生怕因此惹老鳖生气而加大咬劲儿。他低声哭泣着说："爷爷……爷爷……快来救我……"

爷爷终于看到了小奥，并尽着一个老人的最大的力量，跌跌撞撞地来到大柳树下。气喘吁吁地看清楚了孙子和老鳖的关系后，爷爷抬起拐棍就在鳖壳上捣了一下子。小奥随即发出一声哀号，仿佛那拐棍不是捣在鳖壳上，而是捣在了他的背上。爷爷不明就里，抬起拐棍又要捣，小奥哭着哀求："爷爷，别捣了，您越捣，它咬得越紧……"

爷爷焦急地转着圈子，叨叨着："这是咋整的，我还以为你在学习呢，你怎么跑到这里来了？这是咋回事，谁的鳖，怎么能咬着你呢？真是的，这是咋回事呢……"爷爷前言不搭后语地念叨着，围着老鳖和小奥转着圈，似乎时刻想抬起脚踢那老鳖。小奥哀求着："爷爷，爷爷，您千万别踢它，您踢它，它就把我的指头咬断了……"

"这怎么办？"爷爷望着湾对面那两个打鱼人，吼道："这是你们的鳖吗？你们的鳖把我孙子的手指咬了，你们要负责……"

两个打鱼人没听到爷爷的喊叫，只顾一网接一网地打鱼。不断有银光闪闪的大鱼被他们从网中抓起，塞到腰间悬挂的蒲包里。

"爷爷，您快去叫我星云姑姑吧，她一定会有办法救我。"

星云是小奥姑奶奶家的女儿，是村子里的医生。小奥相信，星云姑姑一定有办法让这老鳖松口。

爷爷拄着拐棍一瘸一颠地走后，那两个打鱼人过来了。他们腰间悬挂的蒲包已经塞满了，几条大鱼的半截身子露在蒲包外摆动着，随时都可能蹦出来。他们托着沉重的、散发着臭气、滴沥着污水的旋网，虽然看上去步履蹒跚、筋疲力尽，但脸上洋溢着喜气。小奥哭着喊："救救我……"

老打鱼人是大为吃惊的样子，小打鱼人却是满不在乎甚至幸灾乐祸的表情。

"你这小伙计，我不是跟你说了，不要戳弄它吗？"老打鱼人懊恼地抱怨着，放下渔网，摘下蒲包，蹲下观察情况。

"小子，"小打鱼人轻佻地问，"被鳖咬着什么滋味？"

老打鱼人白了儿子一眼，道："赶快，想办法让老鳖松开口。"

"那还不简单吗，我一只脚踏在它的背上，还怕它不松口吗？"小打鱼人说着，就要将泥泞的大脚踏到鳖背上。

小奥用哀号制止了他。

老打鱼人也说："不行，鳖这东西邪性，你越踩它，它越用劲，那这小伙计的指头就要断在鳖嘴里了。"

小打鱼人说："断了就断了呗，不就是根指头嘛！"

老打鱼人看看从村街上匆匆跑过来的几个人，低声道："他的指头断了，我们还走得了吗？"

"怎么就走不了了？"小打鱼人嘟哝着，"又不是我把他的指头咬了下来。"

老打鱼人压低了嗓门说："你就闭嘴吧。"

小奥看到了爷爷和背着药箱子的星云姑姑，还有一个大个子，是星云姑姑的丈夫，县畜牧兽医局的侯科长。他激动得鼻子发酸，眼泪溢出了眼眶。

"怎么回事？"星云姑姑弯下腰，观察着情况。

侯科长严肃地质问打鱼人："这是你们的鳖吗？"

老打鱼人抢着回答："这鳖确实是我们从湾里打上来的，但我们已经把它送给了这个小伙计。"

侯科长摇摇头，说："这么贵的东西，你们怎么会送给他？"

"是这样，领导，"老打鱼人看出了戴着眼镜、镶着烤瓷牙的侯科长的官员身份，谦恭地说，"我们让这个小伙计帮着看鱼，我们把这只大鳖送给他了。"

"刚开始我们只是要送给他两条鱼，但他一定要这只鳖！"小打鱼人说，"我没有答应，但我爹答应了。我们打到的鱼加起来，也不值这只老鳖的钱。"

"君子一言，驷马难追！"老打鱼人说，"从我答应了那一霎起，这只大鳖就是这个小伙计的了。"

"是这样的吗？"侯科长问小奥。

小奥点点头。

侯科长道："你们真够大方的。"

星云姑姑打开药箱，拿出一把镊子，戳了戳鳖头。那鳖的头猛地往后搐了一下，小奥发出一声哀号。

侯科长急忙道："你不要乱动！鳖这东西，是有性格的。"

"什么性格？"星云道，"不就是一只鳖吗？低级动物。"

"别这么说，别这么说，"爷爷目光哀怨地看看众人，然后低头对老鳖祈告，"大帅，大帅，原谅他小孩子无知，您松口吧……"

小奥不明白爷爷为什么将老鳖称为大帅，他知道这名称后定有好听的故事，但他现在顾不上了。

星云姑姑试试小奥的额头，又摸摸他的脉搏。抬头问侯科长："要不要给他输点液？"

"不用吧？"侯科长想了一下又说，"不过输点也没有坏处，加点抗生素，防止伤口感染。"

星云姑姑说："那我回去取药。"

侯科长道："你顺便喊一下二昆。"

老打鱼人跟儿子使了一个眼色，说："领导，那我们走了。"

他弯腰抓着一裤子鱼，将裤裆叉在脖子上，两条盛满鱼的裤腿顺到胸前，腥臭的污水也顺着裤脚流下来。侯科长一把抓住他的胳膊，说："您别急着走，这个村的书记马上就到了，等他来了，说清楚了你们再走也不晚。"

"凭什么不让我们走？"小打鱼人怒气冲冲地说，"这只老鳖值好几千块呢，我们不要了还不让走？你们限制我们的人身自由，是犯法的。"

"年轻人，火气别这么大。"侯科长笑着说，"看，我们的村官来了。"

二昆叼着烟卷，打着饱嗝，懒洋洋地走过来。

"怎么回事，爷们？"他低头看了一下，扑哧一声笑了，"太好玩了，爷们儿，你真是会玩，我活了大半辈子，还是第一次看到鳖咬人。什么感觉？"

小奥咧咧嘴，哭着说："大叔，救救我吧……"

"哭什么？"二昆道，"这还不好办？看我的，"他将烟头放在嘴边吹了吹，将火头猛地按在鳖头上。

小奥又是一声哀鸣。一股暗褐色的腥臭液体从鳖尾巴下窜出来。

"不能这样！"侯科长道，"你这家伙，实在鲁莽！"

"奶奶的，这问题还真有点严重了。"二昆摸出手机，拨打了

19

110，他安慰小奥，"爷们儿，不要急，110马上就到，他们有办法。"

侯科长道："你这家伙，亏你想得出。"

上下打量着两个打鱼人，二昆指指老鳖，问："这个鳖玩意儿，是你们弄上来的？"

老打鱼人从腰里摸出一个塑料纸包，揭开，显出一盒皱巴巴的香烟，用湿漉漉的手笨拙地抽出一支，递给二昆，道："书记，请抽烟。"

二昆道："老爷子，少来这一套，我不抽你的烟。"

老打鱼人尴尬地笑笑，说："您是嫌咱的烟不好呢，穷打鱼的，能抽上这个就不错了。"

"别说这些没用的，我问你话呢。"二昆道。

"要说这鳖，确实是我们打上来的，不过，这小伙计要，我们就送给他了。"老打鱼人道。

"这么慷慨？"二昆道，"这鳖玩意儿最少也有十斤！我这辈子没见过这么大的鳖，大叔。"

他转脸问小奥的爷爷："大叔您经多见广，您见过这么大的鳖吗？"

小奥的爷爷摇摇头。

"您呢，畜牧局的专家，"二昆问侯科长，"您见过这么大个的鳖吗？"

"前几年龟鳖协会在市里搞过一次评比，鱼滩养鳖场参展的一只鳖跟这只个头差不多。"侯科长说，"不过，那是人工养殖的，用

20

配方饲料和激素催起来的。"

"我们这大湾也被袁武这个狗日的给污染了，满湾激素。"二昆恨恨地说，"所以，这也是一只激素鳖、变态鳖！"

"这次市里下了大决心整顿不合格畜禽养殖场，"侯科长说，"袁武这个场问题很多，必须关闭。"

"你们这次可要狠起来，不能虎头蛇尾！"二昆道，"你老婆一家也是受害者呢。"

"壮士断腕，毫不留情！"侯科长斩钉截铁地说。

星云姑姑拿着盐水瓶子和挂吊瓶的器械来了。村子里很多人也跟着来了。

不知何时，雨停了，东南天上出现了一道彩虹。小奥看到彩虹，马上想到去年奶奶死时，天上也出现过彩虹。想到奶奶他悲从中来，便抽抽嗒嗒地哭起来。

"哭什么啊爷们儿？"二昆大大咧咧地说，"男子汉大丈夫，挺起来，就算把这根指头喂了老鳖，那又怎么样？闭嘴，不许哭！"他摸出手机看看时间，道，"110这些家伙，怎么还不到呢？"

星云姑姑将吊瓶支架竖起来，柔声说："小奥，没事啊，姑姑给你输上液，咱们跟老鳖较上劲儿，看看谁能熬过谁。"

星云在小奥的左手背上扎上了针头，可能是被鳖咬处的疼痛分散了注意力，往常打针都会吱哇乱叫的小奥，竟然一点都没感到针头扎进血管的痛楚。

老打鱼人对小打鱼人使了一个眼色，说："二昆书记，还有各位乡邻，这只价值三千元的大鳖，自然是这个小伙计的。除了鳖之外，我们再奉献出一裤子鱼，给各位尝尝新鲜。"老打鱼人将自己裤子里的鱼倒在柳树下，说，"如果没有事，我们就走了。"

那些生命力顽强的鲫鱼，在柳树下蹦跳着，一片银光闪烁。二昆飞起一脚，将一只蹦到他脚边的肥大鲫鱼踢到大湾里。小奥似乎听到那鲫鱼落到水面时发出了一声惨叫，很像小孩子的哭声。他听到二昆冷笑着说："怎么会没有事呢？事多着呢。等110来了后，如果他们让你们走——这些家伙，怎么还不来呢？"

"来了！"一个清脆的童音喊叫，"我听到警车的声音了。"

喊叫者是小奥的同学袁晓杰，这个外号"小鳖"的男孩，浓眉大眼，唇红齿白，十分英俊。

"这才是真正的小鲜肉呢。"二昆看了一眼星云，仿佛要让星云同意自己的说法，但星云低着头观察小奥被鳖咬住的手指，没理他。他又说，"小鳖——小鳖，谁给咱这俊孩子起了这么一个外号——小鳖，去，把你爹叫来，就说我找他。"

"我叫晓杰，袁晓杰！""小鳖"怒冲冲地说，"你的外号我也知道的。"

二昆笑道："晓杰晓杰，袁晓杰，去把你父亲袁武叫来，就说我张二棍子或者是张二混子有要事找他。"

一辆警车鸣着警笛，呼啸而至。车盖子上泥浆斑驳，仿佛从一万里外赶来。车门打开，走下两个警察。一个是瘦高个，面孔黑黢黢的，鹰钩鼻，目光犀利。另一个体态壮硕，红脸膛，蒜头鼻，眼睛发红。还有一位白净面皮的，手把着方向盘，稳坐在驾驶座上。壮硕的警察掏出一张纸巾沾沾流泪的眼睛，问："什么事儿？"瘦警察则麻利地分拨开众人，站在小奥与老鳖的旁边，弯下腰，仔细地观察着。壮硕警察也走近前来，看了一眼，浑身立刻松弛了，打了一个哈欠，问："谁报的警？"

"我。"二昆道。

"你是什么人？"

"中华人民共和国公民啊。"

"我问你的职务！"

"报警还要有职务？"

"我不是这个意思。"

"那你是什么意思？"

"故意的是不是？"壮硕警察烦躁地说，"大事大事，我还以为多大的事！驴踢着鳖咬着都报警，接下来是不是连老母鸡不下蛋、圈里的猪不吃食者都要报警？把我们当成什么了？"他清清嗓子，吐了一口痰，低声嘟哝着，"奶奶的……"

"你骂谁？"二昆冷冷地问。

"咦，"壮硕警察道，"我骂人了？你听到我骂人了？"

"我不但听到了，而且还录了下来。"二昆晃晃手机，说。

"我是骂你吗？我怎么敢骂你！"壮硕警察道，"我是骂我自己，骂我的嗓子，骂我不争气的身体，昨天夜里也不过出了三次警，就咳嗽、发烧、流泪……"

"少来这一套，"二昆道，"驴踢着鳖咬着不能报警吗？人民警察为人民，人民被鳖咬着，鳖不松口，医生无计可施，你说，不找警察找谁？"

瘦警察来到二昆身边，道："老乡老乡，消消气，人民警察为人民，别说被鳖咬着，就是被蚊子咬着，也可以找我们。"

"这话说得，有水平！您一定是队长！"二昆道，"本来，我是想给你们个出头露面的机会。"二昆晃晃手机，说，"我们村子里的人，在我的培训下，都有强烈的新闻意识，都能熟练地使用手机的录像功能，上到百岁老人，下到五岁儿童。"二昆指指举着手机的村民，继续说，"你们想，人民警察，顶风冒雨，前来解救一个被鳖咬住手指的留守儿童。这样的视频，在网上发布后，你们马上就是网红。你们成了正能量满满的网红，你们领导也会高兴，你们领导一高兴，等待你们的，不是立功就是提升！可是，你们竟然发牢骚，骂人，这个视频要是在网上一发布，那是什么后果，你们自己想想吧！"

瘦警察掏出烟，递给二昆。二昆不接，瘦警察再送。二昆接了烟，瘦警察给他点上火。瘦警察自己也点上烟，低声说："我是副队长，您一定是这个村子的书记，一把手。"二昆点点头。瘦警察说："我们这个同志，带病坚持工作，心情不好，请多多谅解。"二昆道："您这样说，咱们自然理解。警察也是人嘛。""谢谢谢谢，"瘦警察道，"那段录像……千万……他也不容易，老婆刚跟他离了，自己带着个三岁的孩子……""兄弟，人民群众是通情达理的，"二昆高声道，"大家伙儿注意，今儿个的视频，谁都不许发，都给我删了，待会儿我发一个正能量满满的版本，你们死劲儿给我转。"

瘦警察抓住二昆的手，使劲儿握了握。

壮硕警察大声地吆喝着："让开点，让开点！大家保持安静，请相信我们，我们一定能尽快地把这个孩子的手指从老鳖的嘴巴里解放出来！"

四

瘦警察抽着烟，皱着眉头思索着。壮硕警察像一头大熊，转来转去。他拍拍枪套，说："陈队，干脆，我对准这王八盖子上放一枪，然后让医生慢慢收拾。"

小奥带着哭音喊叫："不要开枪……不要打死它……"

"那就用电棍搞它一家伙！"壮硕警察提着警棍比画着说。

"不要……"小奥哭着说。

"你是医生？"瘦警察问星云。

星云点点头。

"能将老鳖麻醉吗？"瘦警察说，"让它丧失意识，肌肉完全松弛。"

星云摇摇头。

"要叫救护车吗陈队？"壮硕警察问。

瘦警察摇摇头，又蹲下身，先看小奥，再看老鳖。看小奥时他面带微笑，看老鳖时他满面严肃。小奥感到老鳖也斜着眼睛盯着警察，眼神里充满了仇视与不屑。小奥甚至猜到了老鳖的心思：我就是不松口，看你有什么办法。警察的表情突然转换了：看小奥时严肃，看老鳖时微笑。仿佛成竹在胸似的，他站起来问二昆："能找到猪鬃吗？"

"猪鬃？太能找到了，"二昆道，"你看，我们的作恶多端的太平养猪场的场长来了。"

袁武在儿子的引领下，来到众人面前。他是个大个子，背有点驼，瘦长脸，大眼，头发花白，胡茬子很硬，下巴上有道血口子，看样子是刮胡子刮破的。他看到了警车和警察，眼神里似乎有几分不安。他问："书记，您找我？"

"你赶快回去，弄几根猪鬃来。"二昆道。

"猪都杀光了，哪里还有猪鬃？"袁武道。

"你少给我装蒜，"二昆道，"不是还有两头老母猪一头大公猪吗？"

"老百姓总还是要吃肉的嘛。"袁武嘟哝着。

"袁晓杰，你腿快，你去拔，"二昆又对村子里的文书说，"孙奎，你跟晓杰去，拔那大公猪的，小心别让猪咬着。"

"找我就这点事？"袁武问。

"找你的事多着呢。"二昆道："袁武，你还记得咱们小时候，这个大湾里的水，是什么样子的吗？"

袁武低声嘟哝着，听不清他说了什么。

"那时候，水清见底，湾里生长着芦苇和蒲草，我们在这湾里游泳洗澡，那时候，湾边有口水井，咱全村人都吃这口井里的水。可自打你建了这个太平养猪场，大湾渐渐地成了一个污水坑，井里的水，也散发着刺鼻的臭气，不能吃了。"二昆说，"你自己倒是发了财，听说在青岛、威海都买了房子，随时都准备迁走。你说说，你缺德不缺德？"

袁武道："二昆，话不能这样说，我办养猪场，是得到了当时的领导支持的，县里和镇上奖给我的牌子都在家里挂着呢。再说，村子里修路、建庙，我是捐款最多的。村里人遇到难处，我也是慷慨相助的。何况，十几年来，我为人民群众提供了大量的优质猪肉，这也是有功劳的。"

"呸，你还好意思说你的猪肉！你的猪，是用十几种药物催起来的。过去，我们养头猪，一年半才能长到一百五十斤，可你的猪，四个月长四百斤。你生产的猪肉，是百分百的毒药。"

"大家都是这样养，这是科学的进步。"袁武辩解着，看一眼侯科长，说，"我们用的配方饲料、添加剂，都是从畜牧局下属的公司购买的。侯科长，您是专家，您给评评理。"

侯科长不置可否地摇摇头，说："对任何事物的认识，都是需要一个过程的。"

"我想不明白，不久前还给我披红戴花，一转眼就成了罪人。"袁武道。

"你还挺委屈？我问你，你的养猪场里，是不是有一条暗道通到这个大湾里？你污染了一湾清水，还污染了我们村的地下水源。"二昆道，"省环保巡视组的人已经到了县里，你看着办吧。"

"你们看着办吧，"袁武说，"大不了我把公猪和母猪也杀了，养猪场彻底关门。如果还不行，你们就把我抓进去呗。"

"嗨，你还挺硬气的。"二昆道，"公猪和母猪，你可以卖给符合环保条件的大养猪场。你这种往大湾里排污的养猪场关门，那是必须的。但抓你是不行的。即便公安局来抓你，我们也要把你留住，等你把这个大湾的污水变成清水，把井里的臭水变成甜水，才能放你走。"

"二棍子，"袁武怒冲冲地说，"你不用跟我玩花样了，不就是有人看上了养猪场这块地儿吗？要在这里建什么养老别墅吧？我让出来还不行吗？"

"你可以不让，你就在这里挺着。但你害得全村人买水吃，害得村里三十多人得了怪病，害得全村的年轻人都不敢回乡，这事你得负责。"二昆道。

"什么都怪我？年轻人不回乡也怪我？欺人太甚了吧？"袁武说，"湾里有鱼有鳖，就说明水质很好。"

"不怪你？你看看这些鱼，看看这只鳖。"二昆指指柳树下那些还在蹦跶的大鲫鱼，说，"你看看，这是鱼吗？身上都是瘤子，你看看，"二昆用脚踢着鱼，说，"连腿都长出来了，你见过长腿的鱼吗？"二昆指指那只大鳖，"还有这只鳖，你看看它的头，看看它的脖子，看看它的眼神，对着它的眼睛看，你不感到害怕吗？世界上哪里有这样的鳖？咬着人死不松口，小奥，咬着你有两个小时了吧？这都是你的养猪场污水喂养出来的怪物。"二昆看看两个打鱼人，道，"你们以为我们是想扣留你们的鱼？白给我们也不要。当然我们也不允许你们把这样的鱼拿到集市上去卖。"

老打鱼人点头哈腰地说："这些鱼，我们全部扔回湾里去，然后我们就可以走了吧？"

"那不行，这些鱼多半死了，扔到湾里去不是让湾水更臭吗？你们要将这些鱼做无害化处理，焚烧掩埋。"

"你这书记，总要讲理吧？"小打鱼人气哄哄地说，"鱼本来就在你们湾里，我们扔回湾里，这叫物归原主。"

"那你问问警察同志，他们让你们走，你们就走。"

"不行，"壮硕警察严肃地说，"这个小孩被鳖咬的事还没处理完呢。"

老打鱼人垂头丧气地说："他娘的，今日真是被鳖咬着了。"

五

在众人闹哄哄的说话声中，小奥似乎睡了一小觉。他睡着的证明是梦见了爹和娘。爹在一家小饭店里当厨师，娘给他打下手。他梦到爹在厨房里剁下了一条眼镜蛇的脑袋，而那个落在地上的蛇头又突然飞了起来，咬住了爹的手指……他惨叫一声，浑身是汗，星云捏着他的耳朵，说："小奥，小奥，不要睡，马上就有办法了，警察同志想出好办法了。"

小奥睁开眼，看到周围人脸上的表情都怪怪的，一股股浓重的腥味令人作呕。他看到自己的同学袁晓杰右手举着一撮闪闪发光的猪鬃跑过来，后边跟着跑的是村子里的文书孙奎。而最让他感兴趣的是袁晓杰低垂的左手里提着的一个贴着红色商标的塑料瓶子，他知道那是可口可乐。

当袁晓杰将可乐瓶口送到小奥嘴边时，小奥的眼睛里流出了热泪。他暗自发誓今后不再叫袁晓杰的外号，也不再传唱编排袁家是非的歌谣，同学情谊高于一切。他咕嘟咕嘟地喝了半瓶可乐，感到身上有了力气，精神也不恍惚了。他甚至试探着从老鳖的嘴巴里往外拽了拽食指，但钻心的疼痛让他立即停止了动作。他不得不面对着严酷的现实：老鳖咬人，是下定了与被咬者同归于尽的决心的。小奥甚至考虑到，请星云姑姑索性将自己的手指割断，就算自己送给老鳖一份礼物。他同时还在祈求，祈求梦中所见的情景，永远不会变成现实。他也似乎明白了，自己被鳖咬，并不是无缘无故的，因为他的父母打工的那家餐馆，是家野味餐馆，父亲除了每天杀蛇外，还要杀死很多鳖。

瘦警察跪在地上，将猪鬃的尖儿，小心翼翼地捅到老鳖的鼻子里。小奥发现这个鳖的鼻孔特别大，特别圆，小小的鼻尖亮晶晶的，像钻石一样放射着光芒。瘦警察又将一根猪鬃插进老鳖的另一个鼻孔里。众人都屏住呼吸，目不转睛地盯着瘦警察的手指。十几个手机，盯着鳖头拍摄。那个开车的白脸警察也下了车，举着一个小型录像机录像。他很专业的样子，既录全景，也录局部。瘦警察那几根被香烟熏黄了的手指，灵巧地捻动着猪鬃。老鳖的眼睛似乎眨巴了一下，众人的心都提了起来。老鳖突然闭紧眼睛，尖尖的鼻子里打出了一个响亮的喷嚏，与此同时，瘦警察抓住小奥的手腕，猛地往后一扯，在鳖口里受苦多时的小奥的食指，终于获得了解放。

众人齐声叫好。

袁晓杰跳跃着欢呼。

爷爷泪流满面。

星云姑姑匆匆地用碘酊给小奥受伤的食指消毒。

"发视频，发视频！"二昆兴奋地说，"满满的正能量！大家都发朋友圈！"

"陈队，真有你的！"壮硕警察大声说，"没有我们人民警察解决不了的问题。"

瘦警察看看小奥的手，问星云："需要去医院吗？"

"不需要吧？"星云问小奥，"你感到有什么不舒服吗？"

小奥摇摇头。

星云给小奥的手裹上纱布，顺便拔掉了他手背上的针头。

此时，那只老鳖，悄悄地向湾边爬行。小奥看到了老鳖的行动，但他不想吭声。他期望着老鳖回到湾里去，回到那个深不可测的鳖的宫殿。就在老鳖猛然加速时，县畜牧局的侯科长一脚踩住了鳖后腿上拖着的绳子。老鳖往前挣扎着，嘴巴里发出了愤怒而绝望的叫声。听到鳖的叫声，人们的脸都变了颜色。这是一种尖厉的声音，就像铁皮哨子发出的声音。世界上听过蛤蟆叫的人比比皆是，但听过鳖叫的人寥寥无几。

小奥祈求地望着侯科长，低声道："放了它吧。"

侯科长看看众人，众人的眼神都很暧昧。

"二昆，"侯科长神秘地说，"你仔细看一下，鳖盖上有什么？"

二昆低头看了一下，抬头说："没有什么呀？"

"鳖盖上有字。"侯科长指点着说。

"有字吗？我怎么没看出来呢？"二昆道。

"你看，"侯科长比画着说，"这是天，这是下，这是太，这是平。天下太平。"

"太棒了！"二昆道，"咱们村叫太平村，这个湾叫太平湾，抓了个鳖叫太平鳖。"

十几个手机近距离拍摄着鳖的背壳。

小奥眼含着泪水，望着二昆，低声说："放了它吧。"

"这个老鳖是小奥的，小奥要放了，那就放了。"二昆盯着老打鱼人说，"但是，不能让'天下太平'拖着一条尼龙绳子下湾吧？是不是啊小奥？"

小奥点点头。

"解绳还需系绳人。"二昆盯着老打鱼人，说，"二位，请吧。"

老打鱼人抓住绳子，猛地将老鳖提起来。小打鱼人趁势抓住了老鳖的那条没拴绳子的后腿。老打鱼人将绳子解了下来。小打鱼人将老鳖放在湾边。

老鳖静静地卧着，仿佛死了一样。众人的手机盯着鳖拍。二昆跺着脚喊："走吧走吧，'天下太平'，放你的生了。你看，我们村子里的人多么善良！"

老鳖将脖子从鳖盖里慢慢伸出来，脑袋转动着，似乎在探测周围的环境。突然，它的身体立起来，像一个锅盖，沿着斜坡，向大湾滚去。众人还没反应过来，大鳖已经消逝在湾水中。

二昆鼓掌，众人和之。

"天下太平！"二昆大声喊。

众人跟着喊：

"天下太平！"

向西，向西，向南

王安忆

一

其实，陈玉洁和徐美棠早在十年前即有过交集，那是上世纪九十年代初柏林，库当大街上，接近歌剧厅的街角，开一扇门，倚门立一个白衣白裤的亚裔男人，抬头看，门楣上方写几个汉字，就知道是中国餐馆。周末，向晚时分，白昼的跃动平息，夜生活尚未拉开帷幕，正在休憩的间隙。薄暮中，这条街仿佛被遗忘了似的，只剩下玉洁和这家中国餐馆。她与侍者对视着，忽觉得这并不是本族人，深目隆鼻，精瘦的骨架子，要知道，此地的中餐馆，不定是雇佣华工。对方也在犹疑，不知道当她哪里人。最后，他们用英语打了招呼。走进店堂，临窗坐下，唯有她一个客人。这时间对本地人远不到饭点，他们都是夜猫子。男人送上菜单，看见汉字写的菜名，就有一种安心。点了什锦面，还回菜单，问道：会华语吗？男人眼睛亮起来：原来是中国人，还以为从英国来，英国过来的人比较多。几近雀跃地，一个转身，到楼梯口，仰头向上喊：老板娘，有中国人！楼梯上响起脚步声，老板娘下来了。

在中国人里，老板娘的身量算得上高大，亦因为中国人看中国人，才看出年纪在三十和四十之间，穿秋香绿色的裙装，袖口撒开，像鸟翼般，随动作起落。绕过空着的餐桌，走到玉洁跟前，双手支着桌面，问从哪里来。玉洁回答上海，对方自报来自青田。青田，知道吗？总归听说过青田石！这时候，什锦面上来了，罐头笋、猪肉、芥菜、甜椒，切成筷子粗细，很悭吝地放两株青菜，面和汤的味道与这些全不相干，显然来自现成的酱料。她埋头吃面，女人站着，眼睛越过头顶，望向窗外，继续说话。她的普通话带着口音，大约就是青田一带的吧，玉洁没去过那里，辨别不出来。话音流水般淌过去。视线与墨绿桌布上的那双手平齐，于是注意到这双手，硕大、丰润、骨肉匀停，能劳动，却不是苦作，所谓得心应手，大约就是指这样的。如此一坐一立，吃完了面，店堂还是只她一个客人，不禁出声道：生意冷清啊！女人被她的话唤醒似的，打住话头，低头看一眼，说：今晚比赛足球，都看球呢！德国人很奇怪，脑筋有毛病，我们和他们，完全是两种人类。她笑起来，结了账，推碗离座，道了再见。这就是玉洁和美棠的第一面，彼此都没有问名姓，连模样都是含糊的。

走出餐馆，天光依旧亮着，街上除她之外，多了一对情侣，忘情地接吻。夕照贴地而起，瞬间掠过去。歌剧厅前终于有了人迹，厅堂里已聚起些声气。检票与领票，前后照应，添几分动静。观众坐有半席之满，在足球杯的晚上，亦可称得上座了。剧目是芭蕾

《吉赛尔》，乐池里传来定音的管弦声。

陈玉洁在外贸公司做公关经理，上海与汉堡是姐妹城市，两地往来频密。这一回是为一批货迟迟不能上岸，汉堡港的理由是中国货轮的外漆有几项环境指数不达标，装卸工人不能作业。玉洁在汉堡与各部门交涉，请求重新检测，再次审核，最后一关是工会，同意一定天数之后，才可接近货轮操作。汉堡有公司租赁的公寓，没有食宿之忧，只是寂寞得很。于是，周末便去柏林一趟。这个国家的工会拥有无限权力，休息日绝不允许工作，就不会出状况，她也只好休息。白天去勃兰登堡门，柏林墙遗迹，美术馆，老教堂……最后的节目是芭蕾。她买的四等票，这一区域只有十来个人，散坐四处。前边有空位，可是没有人移动，这是一个纪律严明的民族。想起方才老板娘的话，德国人是一种奇怪的人类，就又要笑。场灯暗下，乐池里的光就仿佛夜航中的船舶，她呢，茫茫大海中的礁石。音乐响起，舞者在舞台上列成各种队形，奔跑、跳跃、旋转。因为座位的关系，大约还有心情，离她十分遥远，就像一帧镜框里活动的图画。有一时，她睡着了，被掌声唤醒。掌声很整齐，先期经过排练似的，什么时候起来，什么时候止住。然后，中场休息。出去走动走动，第一遍铃声后回座，每个人都在原位上，她依然独自一人。音乐奏响，她又沉入睡眠。

走出剧院，天黑下来，街上却一片亮，路灯，霓虹灯，广告灯箱，咖啡座，餐馆全开张了。热狗铺前排着队，麦当劳里满是人，汽车揿着喇叭，年轻人呼啸而过，高举彩旗和气球。电器商店橱窗里的电视机播放新闻，站一圈人看，她才知道，德国队进入决赛。走在人潮中，几乎迈不开脚，满目都是笑靥，互相叫喊，擦肩而过一伙人，竟然横过旗杆抽她一下，回头看，无数笑靥相迎。可依然是离远的，隔一层膜。走回旅馆，洗漱上床，窗外依然喧哗。铜管乐队在游行，其中一支小号特别高亢，随她入梦里。是这样的夜晚，使得其他一些细节变得清晰，留下印象，以至于许多年过去，换了场景，这两人互相都认出了。

汉堡的公寓，人称中国大厦，是由几家国资单位联合买下一幢旧楼，再翻倒重起，专供企业外派人员居住。风格与周边高层住宅无大异，那多是战后的建筑，平行与垂直的线条结构，与现代极简主义有关，更是从实效出发，用料经济，施工快捷。中国大厦是近年造成，就更新，更高，因此也变得孤立。那白色的塑钢框架的窗户格子，一行行，齐崭崭，要是望进去，内容就丰富多样了。房间里斜拉的铁丝，晾着毛巾、衣服，床上张挂的蚊帐，桌面立着热水瓶，电饭煲吐吐地沸滚，里面炖着猪蹄和鸡膀；窗台内侧的瓦盆里养着小葱，蒜头抽出绿苗，其中一叶上缠着祈福的红丝线。过日子的劲头一股脑冒出来，中国式的日子，乱哄哄，热腾腾，与使领馆的中国式不同，那是官派的，这里却是坊间社会。

中国大厦的住客来自四面八方，你就可以听见各种方言在此交流：东三省、云贵川、江浙、山陕、闽广、两湖，最终又汇合成北方语系的普通话。有长住，有短留，长可至半年之久，短呢，落一下脚便转移。陈玉洁原本只一周计划，延宕到两周，事情办有六成，公司方面让她再坚持一周，索性彻底解决。不料余下的四成是为最琐碎困难，就又是两周过去，还看不到结束。一人在外，新鲜感维持半月已达临界，初始就有长久规划另当别论，她却是随事态演变，一日一日拖下来，难免焦虑心起，不耐得很，情绪变得低落。汉堡这地方，阴晴无定，云开日出时，眼前一派明媚，坐在湖畔，柳丝婆娑，微波荡漾，水面点点白帆，真仿佛仙境。转瞬间，天空沉暗，树丛密闭，湖中的天鹅呱呱地叫，鸽群呼啦啦盖顶而来，像是鹞鹰，豆大的雨点砸下。赶紧起身，回程中，乌云忽地破开，迅速向四围退去，湛蓝的穹顶越扩越广，万物晶莹闪烁。心情却鼓舞不起来了，鲜丽明朗的视野反而让人忧郁。

后来，非不得已便不出门，有时候，整天待在住处。白日里，客房都走空了，清寂中，动静声声入耳。清洁工开门闭门，说话嬉笑，吸尘器轰然响起，又轰然停止，修理工的击打，新入住的客人经过走廊，行李箱的轮子咯哒咯哒滚压地面，没有吵着她，却是让她安心，不自觉睡着。不知道过去多少时间，在一股饭菜的气味中醒来，恍惚以为是在公司的食堂里——饭点到了，窗户板推上去，大锅、小炒、米饭、面食，热气蒸腾，汹涌澎湃。雪白的四壁刺痛眼睛，闭了闭，方才想起身在何处。中国大厦的餐厅，中午不开张，少数几个客人，就直接到后面厨房，锅灶边上，盛饭盛菜，倒有几分居家的气氛。这一日，大师傅的媳妇从山西老家来探亲，下厨帮忙，做的是家乡饭猫耳朵。揉得十分劲道的面，揪成手指头大小的薄片，下在汤里。黑木耳、胡萝卜、西红柿、青芦笋、紫茄子、白山药，切成片，上下翻滚。大海碗，灶台上一字排开，老陈醋胡椒面，任意添。这一餐饭呀，吃得汗泪交流，痛快，亲热。

一同吃过猫耳朵，就有交情似的，由此，认识了来自沈阳的一个姑娘。她是通过熟人关系住进中国大厦，还是个学生，在波恩读商科，她带陈玉洁去到火车站的中国书店。书店门面不大，进深却几乎穿透一个街区，四层高。顾客多是中国学生，来淘减价的教科书，学生总是手紧，看的多，买的少。还有从火车站过来的行旅中人，为消磨候车的时间，也是买少看多。相比这有限的客流，书店显得过于宽敞。除了老板，一楼收银台后面的小个子广东男人，似乎没有其他店员。那是个寡言的人，甚至是腼腆的，偶尔在过道走个对面，头一低就过去了。但并不意味着性情冷淡，她很快注意到，书店仿佛是个中国留学生的服务站。临上火车需要办事情的将行李寄存这里，刚下火车的又推门咨询交通和住宿，自行车轮胎瘪了，进来借打气筒，再有借用电话和厕所，帮助收发留言消息。显然，中国人尤其留学生圈里人都知道他，一传十，十传百的。来自香港的他——沈阳女孩告诉她，并不像通常港台人那样，与大陆学生有隔阂，生成见。那时候，中国陆生留洋海外正在草创阶段，经济上，货币不能自由通兑；政治上，体制为对立两边；初度开放，人数少，根基浅，远没有形成自己的社会。与中国大陆亲近者，多是左翼知识界人士，而左翼运动发生地则以美国为中心，比如反越战，比如台湾学生的保钓。二战后的德国，正经历漫长的反省与疗伤，对于这个热爱思辨的民族，类似东方哲学的静修，难免是沉寂的。所以，来自社会主义中国的学生，呈孤军作战之势。后来，陈玉洁知道，香港人是一名基督徒。她开始进出书店，当那里半个驻地，港务局方面的业务亦顺利结束，她回国了。

二

回想起来，九十年代是个节点，上个周期完成，进入下一个。苏东解体，冷战告终，中国改革开放，经济腾飞，香港回归，美国"9·11"，中东战争，亚洲金融危机……世界资本主义体系一方面扩容，另一方面，介入异质成分。具体到中国大陆，由政府推行市场经济，进入全球化，同时筑起防火墙，可说旱涝保收，完身通过世界性危机，外汇储备激增，国库充盈，个人财富积累。在陈玉洁个人，二十世纪的最后十年就好比一夜之间，又像是几个世代，来不及后顾，一径地向前。从外贸公司买断工龄，自营进出口。大学毕业分配在政府部门的先生早几年已辞去公职下海，先是承包一家体育用品商店，赚第一桶金，然后与几个同学去南非购买金矿，再又掉转龙头，向内发展，到山西开矿和炼焦。这十年于他们五十年代出生的人，可说是原始的，又是最后的发展机会。就在他们奋起的同时，六十年代后生冲刺新型产业的前沿，时间越进两千年，就将是又一代风流引领。总算立定脚跟，不仅获得财富，更是在一波连一波的产业浪潮之间，占据衔接的一足之地。他们的事业起自计划和市场两种体制的狭缝，左右逢源，亦屈抑迂回，得尽先机，也种下后患，暧昧的受益最终造成身份的尴尬。

他们的孩子，一个女儿，在千金买醉的日子成长。陈玉洁至今记得，两千年世纪之交，一家三口乘豪华游轮夜游浦江。十五岁的女孩，穿一件珍珠白低胸露背礼服，那时候，真还不懂得怎么穿，将她往成年女性里打扮，更显得人小，比实际年龄更幼稚。手腕上套个珠包，踩着高跟鞋，站在大厅里，茫然不知所措。巨大的枝形吊灯从挑高的通顶上垂下，灯芯做成烛状，壁上也是烛状的灯，立在金银座的水晶盏里。无数彩带、气球、鲜花，玻璃珠子串在尼龙丝上，红灯笼也串起来。眼睛都不够用了，脖子也仰酸了。视线慢慢移下来，这就看见餐台，呈十字向四面伸展，冷食、热菜、烧烤、中式、西式、和式，蛋糕、水果、巧克力。女儿第一盘就直接奔甜品，各色小点心，粉红、淡紫、浅绿、鹅黄的奶油和咖喱，第二盘还是小点心。那颜色形状首先诱人，尤其诱惑女孩子，其次是香甜的口味，小孩子都是口重又嗜糖，平时受大人限制，从不曾饱足，此时敞开，非但不干预，还是鼓励的眼神。可惜到第三盘，便吃不动了，就这，还只是餐台上末梢的一点点，前菜和主菜丝毫未沾，都要哭出来。岂止孩子，大人不也是憾憾的？只不过能自持，不像孩子那般坦然不掩饰。接近子夜时分，餐台撤下，顶灯暗下，地灯点亮，一池莲花盛开，乐队和歌手仿佛是从地心升上来，音符从天庭降落，众人环绕起舞。父亲带女儿下了舞池，两人都不太会，基本就是走步，从这头到那头。看他们在人群中忽隐忽现，有几回女儿的脸正对她，表情十分严肃，好像接受成人礼，就觉得女儿正在脱去小姑娘的形骸，飞速地长大，长成那件珠光晚礼服里，真正的主人。舞池到处是这样的美人，衣袂飘兮，巧笑盼兮。她走神了，没注意人群哗动中倒计时的数秒，只听得最后一声，当！海关大钟敲响，彩带剪断，纷纷坠落，珠子漫撒开来，红灯笼亮了，原来里面都是电灯芯子。船正走到吴淞江口，调过头，外滩沿岸一带同时放起烟花。那游轮顶上的吊灯突然迸裂，露出玻璃穹盖，于是，一朵一朵烟花在深邃的夜空绽放，化成流星雨，缓缓垂落，时间就此走进二十一世纪。

女儿自小在祖父母身边生活，与他们聚少离多。在出生成长的十多年里，正是她和丈夫激烈打拼事业的阶段。他们都是上海普通人家，一条街上的邻居，就读同一所小学，又在"文革"中划地段分进同一所中学，是本地市民典型的婚配形式。中学毕业一个去崇明农场，一个留在上海分配工作，分得很好，在外贸局——照今天话说，就是办公室小妹。后来，崇明的那个凭一己之力考取大学，上海的，就是陈玉洁，由单位送外语学院委培商务英语，原去原回。那是个百废待兴的时期，机会很多，他们可说是得天时地利的一代。等两下里读成，都已是三十岁，这才生了孩子。上世纪八十年代，上海住房的紧张，全世界闻名，由此生出多少悲剧和喜剧。他们原是在公婆房间里隔出一条做婚房，两人上学各自住学校宿舍的几年里，丈夫的兄弟住进他们的房间并且生下孩子。这期间，他们夫妻的私人生活都是在周末和节假的宿舍，他或者她的同屋回家，让出空间，供他们享用。所以，住房局促是他们脱离体制自主创业的极大动因。挺着六七个月的肚子，肿着脚踝，去后勤部门索讨房子。局办公楼在外滩一座老建筑，殖民时代留下的，石砌的墙壁，天花板很高，动静都有回声，走在里面，是有压迫感的。当时不觉得，年轻，又是单位里最低阶职工，况且，大家不都一样？为住房、晋级、加薪、奖金，一趟趟跑领导办公室，赔着笑脸，叹着苦经，事后回想，却是很屈辱的。就这样，分来一间房，面积不大，朝向也不好，西北，是一套公寓里的一间。这套公寓不知出于何种历史原因，被拆分成三户人家，公用厨房和厕所。但无论怎样不便，住进公寓，身份就不同了，下一轮的争取和调配中，资本也不同了。很快，这一间加上丈夫单位增配的一个亭子间，二换一，换来新工房的一个独立单元。换房的经过，也是不堪回首。电线杆子上贴告示，房屋交易集市寻觅对象，所谓房屋交易集市就是马路边上，自发形成的几块地方。掮客一类的人物应运而生，他们手中掌握许多信息，从而串联上家下家。时间一久，陈玉洁自觉得也能成为业内一员，日后独立出来做贸易，是否从这里起念，只有天晓得。

这套一室半的单元房位处虹桥，其时还未开发，属城乡结合部，上下班需经过一条铁路。远远听见道口铃响，路障放下，挤进等待的自行车和行人里，一列火车吐着白汽驶过。倘是客车，就看得见车窗里的人，满脸旅途的劳顿，不知道在他们的眼睛里，自己是怎么样的。这条铁路横亘在面前，将新城区和旧城区隔开，他们被划分在新的一边，即是逐出，同时呢，又是纳入，纳入进另一种命运。

住进这一处房子，动荡结束，终于安定，将女儿接来。女儿已在市区一所重点小学就读，而这边且是草创，周边还很荒凉，学校的品质可想而知，决定暂不转学，每天由父亲接送，顺便可去看望婆婆。辛苦是辛苦，但一家人不必分住几处，算是团圆了。就在此时，方才发现，女儿与他们是生分的。跟阿娘长大，宁波人称祖母"阿娘"，阿娘们称得上是上海中等阶层的一个类型，她们精明、仔细、能干、豁辣——沪上人说，给宁波人做媳妇不易，可她们自己不也是从媳妇熬成婆的吗？她们带出来的小孩，尤其小女孩，都有一张刁钻的嘴和一副刁钻的性子。一上来，他们就感到棘手了。绿豆芽，要摘两头；鱼，只吃腮上瓜子大小两片肉；豆腐是要去皮的。穿衣服也很麻烦，一件套头衫，后领的商标一头脱线，她按惯例索性将那一头也扯下来，多年紧张甚至惶遽的生活将她磨砺得粗糙和简单，孩子却哭了，说应该缝上去，否则就分不出前后。鞋面上的浮尘不擦拭干净也是要哭的，马尾辫不是高了低了就是歪了。随身搬过来的几大包杂碎，她看也看不懂。那些花花绿绿的铁发卡，掰开，再按下，沿发际线扣一排；喝水的壶盖藏着机关，这里一揿，那里跳起来，吐出一个嘴；透明的小贴纸上的人物动物有名有姓，贴哪里也有名堂，而且重要……这些零件又不是阿娘的传统了，而是来自现代都市物质生活，阿娘家住在淮海路中心地段。有一次，她下班早，去学校接女儿，遇到班主任，说起往返路途的辛苦，老师惊讶道，不是就住在附近吗？原来女儿一直将阿娘家的地址报给老师和同学。小姑娘和同学走在前面，她推着自行车跟随其后，看那矜持的小背影，比同年龄孩子高一点，所以就在中间，一个挽一个胳膊，有些小妇人的风度。陈玉洁说不上喜欢，也说不上不喜欢，女儿长大了，却不是想象中的长大。这种复杂的心情一直潜藏在母女之间，到两千年的跨世纪晚会，再度浮出水面，却是另一番情景。这时候，作父母的，与女儿相处和谐，陌生感逐渐消弭，甚至有几分亲热。

偶尔地，她会生出怀疑，这样的改善是出于哪一种原因。血缘是一种，共同生活是一种，还有，是不是还有什么？她从国外公务回家，省下津贴补助买成礼品，最多的是女孩子的衣物，内心里多少有一些讨好的意思。她和丈夫总是讨好的，为补偿抚育的缺失，其实也没有那么理性，一家三口，本应是亲近的。女儿得到礼物，绽开笑容，一个返身，抱住妈妈的颈项。软软的小身子，贴在怀里，她有些羞怯呢！真希望不要长大，就这样。她喜欢女儿的笑脸，下眼睑很饱满，一旦开颜，便呈现两个窝，像猫咪，又像花。随年龄增长，圆脸变长脸，脸颊滑顺下去，笑窝不见了，显出少女的清秀，却又有一种凛然——不知道事实如此，还是心理的缘故，她始终有些怕她呢！这也是所有父母对长成的儿女的心理，生恐被遗弃似的。有时与朋友交流，彼此就像在攀比这种感受，很享用的呢！但内心深处，又觉着不像对方的单纯，在某个地方存着差别，而且是本质性的。生活在进行，不等她想明白，已经到下一个阶段。

　　他们买了商品房，先是四室两厅的公寓房。装修大半年，搬进去，住下两年。其中有一间北屋，从来不曾使用。紧接着就搬进另一套，复式两层。偏离开市中心，但后来居上，成高档地区，住户以日韩籍为众多。女儿进一家私立中学，和小学同学疏远往来，阿娘呢，也不常走动，这个老城区的孩子成了新人类。礼物和礼物激起的喜悦还在继续，却已不止是出国带回，且随时随地，量和质都在增加。整套卧室家具，钢琴，电脑，音响，万圣节的鬼装扮。这个街区已兴起万圣节，基本是自己和自己玩，没有讨糖和捣乱的小孩子，南瓜灯在店铺的玻璃窗里闪烁，少男少女们穿了吸血鬼的长袍在街上呼啸走过，其实显得很寂寥。最后，女儿高中毕业，直接去美国读大学，可谓人生大礼。因学业中等，就读一所设计专科学院，校址却是在纽约曼哈顿，学费和食宿极昂贵，有什么呢？钱已经不是问题。

　　因生意上的事暂时走不开，就由丈夫保驾护航送去纽约。看父女二人走进国际出发厅渐渐远去，女儿比两千年晚会上又高出半头，身着旅行装，双肩背包上垂挂粉红水晶的吊串，随着走步一摆一摇，就有一股跃动，欣欣然的。没有回顾，就这么径直走出视线，她们母女相处向来冷静，从不滥情。回到家中，推开女儿卧室的门，打算收拾整理，不料想，一下子撑持不住，坐倒在床沿。那是张童话里公主的卧床，高高的弹簧垫，白色床柱上托着金球，圆顶帐垂下来，珍珠纱上布着小朵玫瑰花。眼泪溃决，流了满面，这

46

才相信"血浓于水"是千真万确。

三

多半的缘故是女儿在美国读书,还有就是寻找新商机。她将德国方面的贸易收缩了,转移到纽约。然而,距离上的靠拢并不使她们更亲近,分别初的那一段激情没再回来过,反而是,平淡下来。女儿抽条的身子显得很纤细,穿低腰的撒腿裤,长款的背心外面套一件横宽的背心,都是黑色,踩一双夹趾草编凉鞋。学习设计的人总是从自己身上开始实验,创造独特性。最终,很奇怪的,这些独特性又汇合成同一种风格。看女儿走在街上,走在魁伟壮硕的外族人里,四肢、身体、衣服、头发,一侧剪至耳卜,另一侧,齐腮,垂下来——仿佛在飘。不少男孩,也有成年人,被吸引目光。这些目光,就像风,将她送得更远。偶尔地,女儿会挽着母亲的肘弯,便感觉到纤细的手臂里的骨骼,不是小时的柔软,而是坚硬的,有一股力度。

女儿租住的是一种称之为"工作室"的房屋,一大间,除厕所和冲淋房,再无其他区隔,住户根据自己需要分配使用。因为楼层很高,还可架成阁楼。这样的房型,得自于二战以后的苏荷地区,废弃工厂车间被艺术家用作画室,渐变为风尚,建筑商适时跟进,开发房地产市场。以此可窥见波西米亚人走入布尔乔亚,嬉皮变雅皮的过程。所以,这间位于中城的"工作室"其实相当中产化,玻璃幕墙，细木地板，牙白色烤瓷漆的橱柜，后现代极简主义的灶具和卫浴，以及连房屋出租的餐桌椅，工作台。这样的环境里，席地而卧的床垫，东方图案的靠枕，随意摊放的杂物书本，反显出造作。她不懂设计专业是什么样的内容，从外部看起来，女儿无疑是业中人士的做派了。

在决定长住，计划买房之前，她都是住酒店。睡地铺起卧不方便还在其次，难以忍受的是无遮蔽全敞开的空间。不夜城的光，从窗帘叶片里透进来，躲也躲不开，好像当街躺着。女儿并不反对母亲住酒店，多少透露出迹象，孩子已经有自己的生活。一个不问，一个不说。有些私密的话题，至亲间反倒不易沟通，又尤其是她们这样亲中有疏的母女。有几次和丈夫同来，住的是中下城的老酒店。在美国，说老酒店不过是更欧洲化，代表新大陆居民来源地的历史。那都是狭小、逼仄的房间，自点早餐，到晚间，酒吧咖啡座上满满的，需挤过人堆，向柜台上领房间钥匙，沉甸甸的铜头钥匙放在柜台背板上的小格子里，射灯自上向下照着职员的脸，很像希区柯克电影里的一帧景。

丈夫喜欢这样的老酒店，女儿也喜欢，凡住这里，总是过来。换一种情形，就是她过去了。来到这里，多半是在底下酒吧消磨，单独的桌子永远不够用，于是，不相干的人凑在一长条大案子边上，各说各的。女儿显得格外兴奋，比平时话多，丈夫呢，捧着酒杯，缩着手肘，避免碰到邻座的人，脸上布着笑容。她却怀疑，他们实际上真的有表现出来的那般享受。看上去，更像是一种坚持，将"快乐时光"坚持到底。酒吧门口的招牌上,不都写着"快乐时光"的字样!酒店的"快乐时光"里,中国人极少,像他们一家三口的中国人,大概仅此一例。那实在不是个家庭聚会的场合,这三人未免显得不合时宜,可他们一坐就是半夜。送女儿去住处——步行即可到达,两人再返回。子夜时分的清寂里,藏着无数喧哗,那沿街的,一半沉在地面下的门扉,一旦开合,就涌上来,引起一阵骚动。

他们沉寂地走过一段,凛冽的空气驱逐了困盹,方才她可是困盹得很呢,此刻醒过来,开始说话。她说,要不要在美国买房?好啊!他说。女儿的房租加我们的酒店费用,差不多是一套厨卫的钱了。说到这里,他就正色道:不要考虑钱,钱不是问题。话里有一股豪气。他们这一路对话,都是有豪气的。倒退十年二十年,做梦都做不到。是啊,钱不再是问题,可也是个问题,就像上了发条,开关启动,自行运作,以级数增长,令人不安。想这世界上任何物质的总量都有限度,哪经得起如此递进生产。她有时会提议关闭生意,不要再赚了,一个人一辈子究竟能用多少钱?丈夫的回答是,你以为我们是净赚?不是,我们是和世界通货膨胀赛跑,趁脚力好,多领先几步,等脚力弱下来,就少落后几步。然后,丈夫便举出几个数据,证明通胀的速度和程度。按马克思政治经济学理论,通货膨胀是为解决危机,同时酿成新一轮危机,所谓搬起石头砸自己的脚——丈夫一旦打开话匣子,谁也刹他不住,所谓"马克思政治经济学",在他们一代人,就是蒋学模的一本教科书,在世界冷

49

战格局下，以共产主义为人类社会最终目标的前提下，诠释资本演变。现在人早不读它了，但里面不乏真家伙，也就是硬道理。丈夫继续道，二次大战以后，技术革命大爆炸，迎来第三次浪潮，似乎可能消化危机，事实上，只不过暂缓，将局部纳入总量——"总量"这个词出来了，正是陈玉洁的担心。你以为总量可无限增长？他问她。不能，她回答。增长的是缝隙，就像受过冻的萝卜，糠的，这就是泡沫经济，所以，我们必须和通胀赛跑！最后总结。这时候，他又变成虚无主义，不相信人类历史的进步。

他们走进酒店，"快乐时光"方兴未艾，领了钥匙进电梯，经过一条狭窄的走廊，推开房门，迎面是满壁墙纸的缠枝花，天花板顶线的雕饰，窗帘打着沉甸甸的结子，床幔垂下流苏、椅套、茶垫、桌旗，丝线经纬底下藏着隐花，门窗、家具、用品的边缘都是曲线，底足是弯脚，镶着金边，重重叠叠，是维多利亚时代的风尚。事实上，酒店不过开业于上世纪七十年代，酒店的典故，关于一名女演员的风流韵事，是百老汇款的。床垫很厚，很软，人卧得很深。听见枕边人的鼾声，不由哧地一笑：真会装！也不知道笑的是哪一个，然后，沉入睡眠。

她自己来，通常是住新泽西，真正的北美式标准间。遍布全中国，直贯县镇级的酒店模式就来自于它。宽敞明亮，自助式早餐，价格只到那类老酒店的三分甚至四分之一。越过哈德逊河看曼哈顿，不过上海浦东与浦西的距离。这酒店主要客源是旅行团，尤其中国旅行团，占一半以上，其次东欧和日韩，再有些本土的学生团体。她虽是散客，但因为常来，一住又是半月一月，甚至两三个月之久，所以店方就将她打包进旅行团，享受大折扣，价格又下来一截。虽说钱不是个问题，可是，不还要和通胀赛跑吗？收缩德国方面的生意，转向美国，一时上还摸不到门。多年来积累的经验和人脉，都是在欧洲方面，在此可说白手起家，从头开始。来美国之前，都说这里地大物博，制度自由，有许多机会。听起来，很像近代史上所写，冒险家的乐园上海，实地一看却大不以为然。近十年内，中国的人力物力，犹如水银泻地，充盈每一寸空间。大到并购企业，小至浙江义乌小商品市场的发圈发卡，工业有中型机械，农业有果蔬植种，几乎无一遗漏。于是又回到老本行，中国餐馆，购买老店，开张新店，华埠从曼哈顿飞跃皇后区法拉盛，迅速扩大。陈玉洁数次往返，一年时间过去，依然委决不下，往哪里开拓。她倒也不急，多年历练，磨出了耐心，只是出于勤勉的本性，不开源就必得节流，能省即省。

酒店里每天有一团团的中国游客进出，闹哄哄来，闹哄哄往。一个人住久，终有些寂寞，所以，并不嫌嘈杂，还以为有意思。那些常受指摘的大妈们，与她属同一代人，在匮乏和争夺中度过岁月，大堂里一个空位都不放过，即便只是出发前短暂的等候，她是理解的。有时候会主动搭话，提供咨询，解决语言沟通。有一回，一个老年团的旅客向她打听大都会博物馆的票价，她如实告之，从一元到二十五元，全凭自愿。对方顿时愤怨起来，这个团费以外的自选项目，导游收费竟每票三十。看他们气咻咻找导游论理的背影，便知引起事端不小，赶紧避开。这些闲嘴调剂了客居的生活，否则就太闷了。这个酒店，让她想起汉堡的中国大厦，住在那里的时候，独自一个人，但有公务在身，总是社会中人，多少有些刻意地回避交道，有大国企单位的骄矜，也有避免麻烦的用心，是一种自恃的寂寞，而现在，是真寂寞，仿佛游离在真空地带。

女儿从来没到过新泽西的酒店，静听母亲述说那些杂碎，似乎只是出于礼貌。她们母女间一直或者说越来越保持礼貌。这固然没什么不好，可也没什么好。有一回，听完母亲的大妈们的故事，大约觉得应该作出些反应，不至显得态度冷淡，女儿说出一句评价：老阿姨多半是粗鄙的。她顿生反感，回击道："老阿姨"这称呼就很粗鄙！母女极少起冲撞，她出言又过激，女儿不禁怔一下，然后笑一笑，过去了。还是年轻人更有礼貌。她却有些微的失望，心底积蓄着一股冲动，自己都无法解释的，就是想刺痛女儿，可此方矛头一出，彼方适时避让开，到底没交上火。

女儿真正的兴趣所在，是关于买房。在这里，议题变得具体了，不像她父亲，从务虚始，到务虚终。每一次去——住新泽西酒店，就总是她去女儿住处，每一次，都得到一批售房信息，从网络上搜索下来，也有她朋友推荐，全是曼哈顿岛，或中央公园周边，或苏荷，切尔西，抑或第五大道。许多中国人在那里买房，女儿说。她以商量的口气建议，为什么不考虑皇后区，那是中国人聚集的地方。女儿笑一下，这样的笑容，常会使她瑟缩，自觉得变成受教育的人。女儿笑一下，说，从投资角度出发，曼哈顿的地产有更大的增值空间。她嗫嚅道，法拉盛一带正趋向上扬。自知说服力不够，就又添一句，中国餐馆多，生活方便。女儿回答一句，曼哈顿也有许多中国餐馆，重要的是文化生活丰富，性价比更高。对话沿着买房的主题进行，倘若换成她父亲，每一个岔口都会旁出去，比如餐饮，比如乡谊，比如文化，都可激发谈兴，见仁见智。说的和听的，一概忘记初衷，不知道来自哪里，又去往哪里。当年，她便是被带入迷局，一去千万里，回头看，沧海桑田。难免感到庆幸，几回折转关头，都没出错招，尚还有歪打正着处。似乎有一条潜在的轨迹，引导他们的脚步。事实上，应该感谢那个时代，刚从计划经济走出来，选择是有限的，非此即彼。倘是另一种选择，道路不同，结果未必有大差别。草创的世界，各路英雄殊途同归。不像今天，机会很多，陷阱也同样多。但不论怎样说，丈夫确是性情中人。女儿不像父亲，那么就是像她，理性，清醒，冷静。这些禀赋在她，更多体现在谨慎，甚至一定程度的保守。女儿呢？似乎，她忍不住想，似乎缺乏热情。

环顾女儿的住处，有一种刻意的凌乱，大小靠枕东一个西一个，斜面长案上散放着绘图工具，形状莫名的雕塑直接立在地板，台灯、蜡烛、香熏、几盆水生植物，分布餐桌、茶几、料理台、上阁楼的木梯边缘。杂物的堆砌中，因为总体上几何线条的结构面，呈现肯定的秩序。女儿不在的时候，一个人待在房内，小心翼翼地走动，避免搅乱这些物件的摆放，她觉得，这间"工作室"公寓房，很像一个橱窗，第五大道上的奢侈品商店橱窗。她怀疑，这面橱窗的背后，还有没有日常性的生活。她想起她的婆婆家，终年散发着咸鲞和虾酱的腥气，那是宁波人家特有的气味，从八仙桌底下的坛子里蹿出来。小小的女儿，跪在椅上，操一双竹筷，吃海瓜子，一只一只送进嘴，然后划一大口泡饭，很快，跟前堆起一堆壳，透明的粉红的螺钿。那细细的颈脖子里，也有一股子海瓜子的咸味。现在，小姑娘长大了，身上的气味换成可可香奈尔的国际香型。

在女儿的安排下，她还见过一位房屋中介商，荷兰裔的美国人，会用中文说"你好""谢谢""恭喜发财"，古怪的发音里有一股油滑。介绍的房屋在公园西大街，原本是酒店，然后改成住宅。宽大的门厅、走廊，房间分走廊两侧排列，依稀可见昔日酒店的痕迹。推进门去，迎面满窗绿荫，正对中央公园。受限于原先的客房的格式，内部形制多少有不合常理处。比如原先的套间要成为独立的两卧，不得不横断空间，立一面墙，辟出玄关，重新开门，难免局促，厨房和浴室对于家庭起居也是逼仄的。她倒有点动心，因为想起上海的那种前厢房，而且，使用过的房屋有一股烟火气，是过日子的气息。她没有流露喜欢，但询问的仔细，让中介先生窥见成交的可能性，即便这一处不行，还有另一处呢，中国人可是购房的国际主力。往返对答，中介先生也判断出这个中国女人属理性消费人群，相当专业，正对他口味。他就是不怕专业，而对不专业生惧，在这法制社会里，对规则有共识，一切都好说了。

女儿在一旁静听，态度变得驯顺，使向来严峻的表情松弛下来，小时候的笑靥隐约又回来了。她温存地投去目光，想到小小年纪一人在外的诸多不易。这一天，母女间相处和谐。和中介先生告别，对方说了一句恰如其分的中文：后会有期！三个人都笑起来。然后，她们走进公园，挽着胳膊。早春时分，气温还很低，前一场雪未化尽，吸纳着正午的热量，空气凛冽，直入肺腑，身上起着轻微的寒噤。载客马车走过去，马粪味扑鼻，带着畜类的体温，在清冷中散播开。一个跑步的男人赶上她们，身上冒着热气，奇怪的，也有着同样的体味。女儿的手伸在肋下，使她想起很早以前，那软软的小身子，不由紧了紧臂弯。母女间的肌肤之亲向来很少，事实上，不是吗？她也是缺乏热情的母亲。

女儿说：那人好像怕你呢，妈妈！如何见得？她问，小心翼翼的，多少有点巴结。女儿做了个表情：转着眼珠，飞快地睃巡，就像一个猎手跟踪他的猎物，有几分神似。她发现女儿竟然是活泼的，并非表面的矜持。谁知道，也许在心里骂我们呢！她说。嗯？女儿停下脚步，困惑地看母亲的脸。怕和骂，是同一件事，她说。什么事？女儿问。我们的钱！她回答。哦——女儿吐出一口气，迈开脚步，手滑出臂弯，走到前面半步。绒线帽顶的毛球随脚步摇曳，留长的头发从帽底流泻下来，垂到黑呢大衣肩背。她想起自己的青春，在惶遽中度过，不曾流连，就远遁不见踪迹。那背影忽然顿住，转回身来，说：所以，妈妈，所以，我们要买房子，买给他们看！这孩子气的话里有一股凛然，她明白这凛然的来由，不在父母亲身边长大的孩子，总是缺乏安全感，于是，过度防卫。清寂的公园，四边楼宇远在地平线上，母女二人站在大块的天空底下，仿佛遗世孑立，心中就有苍茫生起。这是她的孩子啊，近不得，远不得，拿什么去爱你呢？

下一回再来，是与丈夫一起，在林肯中心对面新建公寓里，全款买下一套。其时，复古主义一改为现代主义，自有一套理论。他认为，酒店是幻象，住宅则是现实，前者是一时间，后者是长此以往，一是传奇，一是日常，彼此不可取代互换。而且，他强调，必须新建筑，不能二手房，前人的遗痕会成为魅影，打扰现在式的生活，那些幽灵的传说，逐渐在科学中显形，比如红外线，比如超声波，比如暗物质，现代物理学正在向东方神秘主义归宿……她的心情却正相反，一旦买定房子，反倒像是做梦，一个明晃晃的白日梦，说话起着回声，身影倒映在蜡光铮亮的地板。丈夫似乎也有些生畏，噤下声气，办完手续的次日，便丢下妻女，独自回国去了。

四

有时候，她不禁会想：为什么是我，为什么是我们？四周都是异族人的脸，忽然间恍惚起来，不知道自己身在何处。面对生活急剧的变化，女儿比她镇定多了，更像是知道要什么，并且向目标接近。搬进几件家具——这时体会到丈夫拍板买新公寓的正确，不需要装修，直接就可入住。几件家具虽不足以填充偌大一套房，但到底消除些空旷。她继续寻找开拓事业的方向。女儿临近毕业，是读

56

硕士，保持学生身份，若不是，就要求职。学习设计的学生一大堆，尤其是中国学生。这是个暧昧的专业，什么都沾，又什么都不沾。所以，她需要将女儿的出路纳入她的计划。这一日，到唐人街买菜，一时兴起，走上威廉斯堡大桥，往布鲁克林去了。

布鲁克林正在兴起，大有飞跃的势态。可是，像她，一个谨慎的生意人，本能地对这种经济发生的模式持保留态度，那就是制造业衰退，以艺术家为主体的设计型产业进入——这类产业的利益链相当含糊，在资本市场的考验中，命运很不确定，或者淘汰，或者转变，抑或真如预期的蓬勃发展，然后又回到萧条。苏荷地区经历大半世纪走完的周期，如今越来越短促。省略发生过程的复制，总是缺乏自然的生命力。历史进入现代，复制又在加速。大约在机器诞生，再推远，人类掌握工具的时候，就已经注定的命运——她发现自己在沿着丈夫辐射型的思路，漫游开来，哑然失笑。天下着毛毛雨，威廉斯堡大桥的步道上极少人迹，城市在脚下搏动，桥面震颤，顶上是巨大的钢架结构。这城市定是在生产钢铁的年代建设，你能感受坚硬的程度。钢铁铸造一座城市，尚有剩余，于是流向战争。在地面看，威廉斯堡桥不过从东河这岸到那岸，走上去，可是漫长。引桥跨越几个街区，河面又出乎意料的宽阔。偶尔有人迎面走来，观光客和慢跑者。列车轰隆隆驶过，整座桥梁都在跳跃。太阳忽钻破云层，大放光明，雾气下沉，沃拉博特湾、曼哈顿桥、布鲁克林桥，一下子浮托起来，水鸟飞翔。只转瞬之间，云层闭合，光线收起，景物又退下了，仿佛海市蜃楼。这地场真是大，开发四百年，不过只是一个角。所以，就还有一股原始的野蛮力量，从现代性中穿透出来。

计算一下，陈玉洁在桥上足走了有一个钟点，步道在引桥中段向地面下去，穿过桥墩的钢柱，就站在了路口。停了停，顺势一转，依街道数字排列，从小号码向大号码走去。路上很清静，建筑多是陈旧和简陋，多少是破败的，犹太人的"贝狗"店，还有中国餐馆，间杂着狭小门面的店铺，是年轻人自创的品牌服装和小礼品，后现代设计型风格，稀奇古怪，用途不明，显示出物质过剩时代生长的一代人的消费理念。这样的小店，每一分钟都有无数间开张，又有无数间关闭，不是作为单个，而是一个群体，维持它们的存在。然而，谁能就此下结论呢？在一整个街区的草根性中，这些小铺子，却是华丽的眼，穿越到未来，那里兴许有传奇在等着呢！时间已到午后两点，饭店都歇了，准备晚市开业。又走过一个路口，看见中国字样"牛铃"，名字有一些新鲜的情调，但招牌底下的门面，却是唐人街的旧俗，红灯笼，绿窗棂，翘檐上的黄琉璃瓦，日晒风吹，再蒙上油垢，显得灰暗。倒也让人踏实，因有一股柴米油盐酱醋茶的气息，透露出温饱的人生。

店门侧边的街道，停一辆小型运货车，地面上的铁盖掀起，露出一个男人精瘦的上半身，接着卸下的货物。她伸头向店里张望，黑洞洞的，也是歇业的样子，正要退出，却听一个女人的声音：吃饭吗？循声看去，门内酒柜后面原来有人。她说是的，女人就说，随便坐。稍适应店堂里的暗，走进去，在临窗餐桌坐下。天光带着窗玻璃上的污迹，映在桌面。酒柜里的女人问：吃什么？声音远远传过来，更显得店堂的空阔。她看见桌上夹子里有一束菜单，懒得翻看，只简单说一声：炒饭！这是每个中国餐馆必备的速食。隐约感觉女人叹口气，走出酒柜，向后厨去了。显然，厨工们休息了，不得不亲自出马。小货卡卸车完毕，扣上挡板，路面的铁盖板放下，这些动静都是清脆的。后厨里的排风扇打开了，呼呼响，油锅哗哗炸开，葱花的气味就传过来，有一股居家的安宁。店堂里的暗将空间四合，人在里面，甚至是温馨的。她想，布鲁克林是个不坏的地方。排风扇停息下来，在惯性里当当响了两声，听见男人和女人的说话。不知道说什么，只是一些音节，短促地轻盈地来回。店堂和厨房连接处有一方亮，嵌着男人的身影。大约是搬运，推拉收放，动作生风，像是有功夫。女人端着餐盘出来了，未到跟前，已香气扑鼻。

葱青蛋白的炒饭上，覆着一层金黄，仔细看，是油渣，送进嘴，原来是炸虾米。女人并不走开，而是站在桌边，指导用餐，将虾米和饭一并入口，果然，米饭软有劲道，虾米松而酥脆，口感味觉受用无穷。好不好吃？女人问。好！她顾不上说话，只回答一个字。算你有口福！女人说，是我们家乡的饭食，从来不做给客人。家乡何处？她稍停下筷箸，问道。青田，女人回答，依然站在桌边，两只手支在桌沿。余光所见，是一双丰白的大手，就有些记忆回来。女人继续说：温州那一系的菜在外国打不开，洋人就认那几样，酸辣汤，咕咾肉，宫保鸡丁，春卷，美国人的脑子有病！陈玉洁忽然想起了，抬头看女人，女人不看她，眼睛平视窗外。有汽车驶过，还有人声，零落的，这一处，那一处。洋人是一种奇怪的人类，女人说，他们没有口福，从小到大，就吃那些炸鸡，烤牛排，煎三文鱼，无论什么肉，都要做成一块一块，用手抓得起来，然后再添加调料，所谓"沙司"，这"沙司"又只是几味，翻来覆去的。说话间，盘子清空大半，她的思绪已经跑开，听不到女人说话，却在一件事上盘桓。她见过这女人，可是又无法断定，不相信如此巧合。正是不相信，才更觉得是见过，因为非出于巧合，而更像是机缘。她放下筷子，问出一句：老板娘从何处来到美国？女人吁出一口气：说来话长。转身喊一声，男人即来到跟前，收走盘子。然后拉开椅子，在对面坐下：我就不当你客人，老乡见老乡。眨眼工夫，男人又到跟前，送上一壶茶两套茶具，腿脚进去颇有架势。女人说：你看他像不像李小龙？陈玉洁笑：像！女人正色道：练过咏春拳，拜师傅的！随后加一句：我男人。男人一笑，露出洁白的牙齿，旋即离开，不见人影。

十六岁从家乡出来，我今年四十六，整三十年，半个甲子。两人面对面，没有其他人，生出一股推心置腹的气氛。陈玉洁说：我比你长四岁，半百。对面人说：还以为我长你呢，真后生！谢了夸奖，心里推算回去，七十年代初，正是革命时期，国门紧闭，一个十六岁的女孩子，有什么通道出来？女人仿佛看穿她的心思，接下去的叙述正可为解答疑虑。十六岁，个头这么高，女人伸手在一米多点的位置比画一下，又瘦，自己都记不清，夹在什么人的胳肢窝里，搭车、乘船、走路，再搭车、乘船、走路，到了欧洲。她心里又是一动，定睛看过去——饱满的脸颊，眼睛周边略有些松弛，眸子却是亮的，短鼻梁，厚嘴唇，宽下巴，肤色稍显黑粗，但因为紧致，就有一层光，是个健康的女人。却又拿不定了，是那个人吗？其实连长相都没看清，仅一个轮廓，而眼前这个，具体，生动，于是，就不像了。陈玉洁小心翼翼地问：你的意思是偷渡？女人笑起来，抬手四下一扫：我们都是偷渡，他是游水，游到香港，然后——你们在哪里遇见的？她问道。女人做个制止的手势：还没到这一段呢！她被逗乐了，像不像的那回事扔到脑后，忘记了。

说出来怕你不相信，没有人相信，登岸头一站，意大利佛罗伦萨，竟然长个头了，身上阔出一圈，就是现在这样。确实让人不敢信，女人又一次窥到陈玉洁的心思，解释说：你知道为什么？她摇头。我们温州人是生在石头缝里的人，挤着手脚，好容易挤出来，砰的发开了，就像爆米花！两人都笑了。佛罗伦萨去过吗？她点头。你们是旅游，看的表面文章，不会知道内情——内情是什么？她问。对面人倾过身子，耳语般说：到处是我们的人。她不由也倾过身子，压低声音：真的吗？对面人点头：不止佛罗伦萨，罗马、巴黎、里昂、布鲁塞尔、阿姆斯特丹、柏林——她怦然心动：柏林？是的，到处是我们的人。哦！她说。再告诉你一个秘密，女人向她招手，示意靠拢，这样，就头碰头了。你知道，全世界的经济命脉掌握在谁手里？她回答：美国。不！女人摇头否决，犹太人。嗯？她离开些，看着对面人，那人狡黠地眨眨眼，说：温州人就是中国的犹太人。

光线移过来，从女人侧脸照过去，可能是用了一种植物染发剂，呈出红紫色，就像鸡冠，她忽然又觉着是同一个人，不是因为外形相像，而是某些潜在特征促成的机缘。女人自十六岁开始的阅历可够漫长曲折，难怪要话说从头。遭驱逐，买卖假护照，蹲移民监——移民监有什么呢？吃喝保证，还放电影，社工服务，心理疏导，还教英语，关键是要有人！女人强调。就这么一程接一程，一关过一关，后来到了柏林。又是柏林！她要插话，被制住：你知道我怎么到的柏林？我怎么知道？她反诘，两人开始熟稔。结婚！这倒出人意料了。也是青田人，早多年出来，已经入籍，在威斯巴登开餐馆，你不会知道，很小的城市。可是她偏偏知道，就在法兰克福近边。女人看她一眼：你倒是知道的不少！有些不满意讲述被打断。那一年夏季，威斯巴登举办美食节，市政府提供摊位三天，中国人的食亭总是春卷打底，青田人开车到阿姆斯特丹进春卷，阿姆斯特丹的春卷大王，上财富榜的，女人呢，正在那里打工，然后，就把人和春卷一起捎走，春卷送到威斯巴登，人带进柏林，那时候，还分东西两部，就在西柏林库当大街开出一家分店。她终于插进话去：我是不是去过你的店！然后说出时间，地点，以及老板娘的形貌，几可断定，就是你！对面人并不惊讶，在一个餐馆老板娘，阅人无数，不像她，会以为是传奇。有可能！女人承认，更像是敷衍，不忍让她失望。那时候，老头六十岁，我二十六，就是说，出来整十年，总算有了身份。

　　话说得轻巧，事实上，上世纪七十和八十年代，欧洲殖民地纷纷独立，移民潮涌动，人口激增，德国二战重建中的土耳其劳工尚未消化，合法居留谈何容易。具体到个人，六十岁的年纪阅历，一定还有家小，而且，很微妙的，不是居住威斯巴登，而是飞地柏林，其间一定有许多曲折。但在对面的人，什么没经历过呢？就也不在话下。她好奇的是，如何一见钟情。青田话呀！女人说，有多少人听得懂青田话？无论你说英语、德语、西班牙语，就算普通话、广东话、上海话，青田口音藏也藏不住，老头听我说话，眼泪就下来了。她质疑：不是说，到处都有你们的人！女人说：可是也要遇得到，比如，今天，你遇到我！她感觉到女人的机敏，机敏里不单是反应快，还有一点慧心。男人走过来，与女人说着什么，又退回去。大概是商量，什么放什么地方，什么又作什么用。你们说的什么话？她问道。他说福建话，我说青田话。说得通吗？她怀疑。女人大笑道：要看什么人和什么人！说罢，推开椅子站起身，知道是结束的意思，就要买单。女人说：看着给吧。她抽出二十元，压在茶碟底下，女人抬头示意，走来一个华裔女人，收走钱。又有一个墨西哥人，过来擦拭桌子，员工进来上班了。不知不觉中，过去半天时光。走出"牛铃"，心里还有许多未解的疑问，比如，福建人与青田人，也就是女人的"前夫"，不知道能不能这样称呼，他们如何交接班？显然，福建人还年轻，看起来是出劳力的人；又比如，为什么从柏林来到纽约布鲁克林？但又觉得这些疑问已经有解，这样一个女人，可能制造任何传奇。她没有继续在布鲁克林游逛，也没有按原路返回，而是走过两个路口搭乘地铁，回曼哈顿去。这半日的经历让她疲乏，又有一种满足，邂逅、美食、陌路的人生故事，仿佛跟随走了一程。都是计划外的遭际，集中在同一时间里降临，令她应接不及，倒把去布鲁克林的初始目的搁置了。

接下来的日子，变得忙碌了。女儿正式告知，要读硕士，于是，寻找学校，提交申请，报名，缴费，一连串的手续。其间，她注册的公司——其实是个空名，为的是签证与货币进入，此时，国内金融出台新政，汇兑额度有变，就需要打通关节，另辟路径，决定回国调停，买机票，定行程。可是，丈夫的合伙人来纽约度假，她当然有义务出面接待，于是推迟动身。这些到底也难不倒她，都在可控范围，冷静处理，乱麻中理出头绪。事情只要一件一件做，没有做不完的时候。客人到的这日早晨，先在电脑查到飞机准点信息，然后启用优步系统叫车，向纽瓦克机场去了。

虽然步步周到，接人却并不顺利，后来回想，其实是兆头。看起来，两件事情没什么关系，可大千世界就像一张网，网眼扣网眼，所有的事端都连在一起，所以，她还是视作预兆。飞机已降，却久久不见人出来。眼看着几次航班先后到达，依然少有人出来。打电话联络，对方不接听，等对方来电，她则手机故障，接不起来。特别通道出来三两人，问得的消息只不过是，海关处排长队，过关的效率低，窗口少，人越积越多。然后，又有三两人出来，再然后，就仿佛突破瓶颈，络绎成阵，却看不见要接的人的身影。她怀疑自己错过，因与这人所见不过几面，都不太想得起来确切模样，于是出门到出租车站上搜寻，忽又怕正巧这时人出来，掉头跑回去。往返梭行，焦虑得很，颇不像她一贯行事作风。好不容易，隔了玻璃门看见大腹便便一个男人，空着手，摇摇摆摆走来，已经看见她，远远地挥手。

五

　　合伙人一行四人，他，太太，太太的妹妹，再加一位助理。从行李车上一摞半空的箱子，就可知道，主要任务是采购。助理小殷兼任导游、翻译、拎包，陈玉洁并不必陪伴全部，为尽地主之谊，到的当晚，在哥伦布圆场边的一家米其林接风宴请，随后再视情形而定，随时准备提供服务，反正"全天候"，她笑道。合伙人姓戴，是丈夫大学里的同级，看年轻时照片称得上英俊，如今发福了，找不到原来的样貌，仿佛成另一个人。他们这一代成功人士，到此时多是急流勇退，享受胜利的果实，在戴先生，就是口舌之欲，所以养成现在的身形。经长途飞行，在时差的折磨里，照理没什么胃口，可戴先生的味觉依然能够分辨细微的差别。他说，和女士不同，他的任务是吃，因此，可不可以脱离团体，单独活动？眼睛看向太太，征询的却是陈玉洁的意见。小殷归购物团，陪吃就当另安排，方才不是说了吗？全天候。如此这般，以后的日子里，每到饭点，她就去到酒店，而戴先生已经在大堂等候。太太们早出发一二小时，甚至更早，天方亮，便驱车往长岛奥莱去了，然后，向晚时分，归来集合，一同去吃晚餐。她的计划是中午小吃，晚上大吃。前一晚就做功课，网上搜下菜单与图片，供作挑选，听多方意见，最后由她民主集中，作出定夺。

俗谚道：祸从口出。这话真就应验了。

要说她和戴先生，原本并不相熟，甚至可说生分。她和丈夫的事业，从头起就没有交集，各自的人际社会就也不重叠。晚饭好些，人多嘴杂，将时间分摊，各说各的，又总能说到一起，自然就热烈起来。中午一餐，单独相对，就受到冷场的压力。难免过度积极，一个没说完，一个就开言，形成争抢，为礼让一并打住，立时变得沉寂，又一并张嘴出声，彼此都是紧张和窘。这也被视作不好的兆头，如她的性格和历练，待人接物向来从容，这一回，却失态了。于是，话题泛滥，必要和不必要，该说和不该说，滔滔不绝，一泻几千里。说和听的都无法集中注意力，任其无度扩张弥散，其中多少挟带出一点实情。真正的端倪，是女儿识破的。

有二三回午餐，女儿与她同去，三个人，其中又有一个年轻人，气氛就活跃了，她也松弛精神，偷得几分悠游。每一次去，戴先生都会替女儿买礼物，每一次分手，就都提着大包小盒。回到家中，坐在地板上一个一个拆封，包装纸摊在四周，就像过圣诞节。她说：戴先生这么破费，真不好意思！女儿没抬头，忽然从鼻子里哼一声，戴——她这么称呼，"戴"，呈出一种客观的立场——戴送我礼物，爸爸送维维安礼物，总量上是平衡的。"总量"这个词是从父亲那里来，丈夫他，凡事都是从总量计。心里一惊，这才发现，"维维安"这个名字已经在说话中出现许多次，太多次，仿佛已经是个熟人。镇定一下，说：维维安是谁？与你有什么干系！女儿抬起头，望着母亲：别装了——说得不错，他们家的人都会装。别装了，女儿说，那是个小三，跟着爸爸到这，到那。是一代人的缘故，还是只是个体，女儿说话如此直接，直接到粗鄙。你爸爸的助理，自然要跟随左右。她辩护道，自己也觉着是软弱的。年轻人笑了：你听戴的口气，好像我们已经承认她，都没有一点遮掩回避。那更说明一切正常！她听见自己的声音变得尖利。女儿又笑：好，好，正常！她看着女儿的脸，那么年轻，美丽，同时，有邪恶。做小三的，正是这样的脸。她控制不住地，举手抽过去一个嘴巴，那脸上立时泛起一片红，眼泪下来了。女儿将礼物从膝上推下去，站起身回自己房间，重重关上门，砰一声响。她被自己吓坏了，站在原地，动弹不了。从来没有动过手，一直是小心翼翼，也很久没看见过女儿的眼泪。地上铺着礼品的包装纸、彩带、晶片、玫瑰花样的按钉，似乎铺到了地平线。这么大的房子里，只有她和她。

心跳得很快，却很奇异的，有一种类似愉悦的痛快，终于，终于发生了！发生了什么？该发生的。她想起戴——现在，她在私下也称他"戴"了，戴有一口头禅，"你知道"，凡陈述一个人一件事，必要说一声"你知道"，于是，维维安的存在，就都是"你知道"。她好笑地想：你才知道呢，我什么都不知道！

为什么是我？仿佛天问。为什么不是我？反过来又问了一句。

她陪女儿读书，他打拼挣钱，这样的家庭模式，在他们的阶层已成普遍。同时的"普遍"还有，还有维维安。她其实一直在等待维维安现身，必须有一个维维安。正因为有维维安，才能相安无事，社会和谐。她静了静，然后拨打小殷的手机，表示道歉，晚上突然有事，不能陪大家吃饭，但餐厅已经订座，某条街某个号码。小殷说，没事没事，包在他身上了。听起来，对面的环境很嘈杂，小殷的声音破壁而出。关上电话，尝试将戴的出行换一种组合，由丈夫率队，维维安，维维安的姐妹，或者说是闺蜜，再加一个"小殷"。很好，四个人是最合理的人数，乘车一辆，吃饭一桌，可一并出动，又可分头并行，而他们一家三口，在数学上是个素数，物理上则不对称，总之，缺乏平衡的条件。

她做好简单的晚饭，等女儿出来，心里准备着道歉的措辞，承认女儿的判断有道理，以达成共识，然后，然后怎么样？要表态吗？是决裂，还是接受现实？事情来得太快，猝不及防，可是，事实上，她一直在拖延。戴的来到，从接机开始，到每餐饭没话找话的焦虑，都是预兆，预兆真相逼近。她几次起身走到女儿房间门口，欲敲门又作罢，本来就有畏心，如今这一时刻，更是不敢面对。她这才发现，她们母女被安置在这地方，多少有着受打发的意思。饭菜都已凉了，女儿走出房间，看起来，表情无异常。走到餐桌边，直挺挺坐下，说，已经给父亲发信，要去巴黎学艺术——维维安去得我去不得？说罢，捡起筷子，吃起饭来。她久久不动碗箸，有一种寒冷，原来，她不需要表态，谁都不要她表态，她这个当事人，结果成了最无关的人。

　　戴在纽约的余下几日，循事先安排顺利度过，购买与美食均超额完成任务。又添了两口箱子，戴的腰围似也扩出一周。送到机场，看他们走进海关，四个人的背影换成那四个人，想象中的组合，迅速转身离开。最初的冲动，是回上海，机票就在手里，只需签日期，但很快颓唐下来，去又如何？一进一退之间，丈夫那边来邮件，说去了香港。那么，她也去香港。香港是客地，这样处境和心情，实在凄楚得很，于是又迟疑了。时间在无所作为中过去，越发像是一种默认。她转而希冀丈夫来，买房至今，已有一年半，丈夫再没有出场，回想那一回走，难免有落荒而逃的迹象。近来，关于女儿去巴黎的事，照理应当全家一同商量，可都是父女两人邮件往来。女儿每一项要求，合理或不合理，父亲全欣然答应，不作深询。既像是还债，又像是敷衍。这段日子，生活费用以及女儿的额外开销，依然按月汇到，不知从哪里收集的汇兑额度，更可能是及早转到外汇账户，这意味着什么？意味他希望她们母女安下一颗心，住在纽约，衣食无忧——从这点说，并没有放弃责任，继而想起戴的一句话，他感慨道：这世界上有多少单亲妈妈！怎么说起来的？前后文想不起来了，反正聊天嘛，漫天漫地的海聊，又都喝了酒。心里一动：维维安会不会就是其中一个？她不禁血脉偾张，心跳加速。去香港的念头又生出来，而且无比强烈。她拿起电话，打给惯熟的旅行社，了解飞香港的航班。问答之间，情绪复又平定。这就是她，与外界交道总是冷静、克制、礼貌、矜持。于是，讨论到具体票务事项时候，冲动消失，她改了主意。放下电话，她兀自笑一笑，忽明白一件事，所以她想做这，想做那，最终什么也不做，其实就一个原因，她不知道该做什么！有谁能告诉她，她该做什么？这就又明白第二件事，那就是，异乡异地，她去了来，来了去，无论住多久，都是在过路，她没有朋友。

女儿转向去巴黎读书，撤销纽约学校的注册，索回部分学费，报名一个法语课程，小班授业，价格极昂贵，父亲照单全收。有什么可商量的，"维维安去得我去不得"！最初的狂怒过去之后，女儿找到维护权益的方式，就是花钱，于是安静下来。法语课也给生活制定纪律，每日上课下课，朝九晚五，散漫的时间归入河床，流向某个目标。余下她独自一人，仿佛在宇宙洪荒，无边无际，无羁无绊。她毫不怪罪女儿自私，在这样的年龄，成长本身就有无数困难，何堪外部的变故，能保住自己就很好。至于她，即便最消沉的时刻，也有一种自信，自信不会坠落，只是需要耐心，切勿慌乱。丈夫不再来电话，当然，她也不去电话。显然已觉察出什么，也可能，本来就是戴领了使命，有意露出口风。也好，她想，很好。她想，真是太好了！她继续装不知道，他也装她不知道，他们都会装。

天气好的时候，她出门走走。樱花绽开，一树一树。什么种植，到美洲新大陆全都变样了。亚洲的樱花，像"雾"，扑朔迷离，在这里却是确凿肯定。历经寒冬，春阳高照，人们涌上街头，无端地笑和叫喊。她却从欢欣的人群中辨出几张落寞的亚洲人的脸，不由猜测他们的身份、来历、生活。梅西百货里，每个专柜几乎都配备中国销售员，接待中国顾客，其中也有落寞的脸，在柜台间无目的地游走，她就是其中一个。有人往手里塞广告和试用样品，说些什么，她听而不闻，只看见嘴的翕动。在凹凸分明的异族人面相里，中国人脸显得扁平多肉，中国话也显得音节短促，声调突拔。不乏有年轻貌美的女孩，妆容精致，穿着时髦，表情傲慢，出手极为阔绰，大约都是维维安们。未曾谋面，就知道维维安的形貌，这已经成为概念，她，是另一个概念。怪不得，她想，怪不得美国人分辨不出中国人谁是谁，因为都是概念。有一只手，拉住她的胳膊，不禁吓一跳。是"兰蔻"品牌的销售员，中国人。当然是中国人，唯有中国人，才会动手拉人。这只中国手，按着她的胳膊，向下滑去，握住她的手。她并不反感，也没有挣脱，就这么留在销售员的手掌里。那是个中年女性，眼影和唇膏都洇染出边缘，就这样大妈型的女人，加倍会拉人。试试吧！大妈恳求道，不一定买，试试没关系！身不由己地，被按坐在椅上，椅背放下来，成半躺，合上眼睛，由一片清洁棉片在脸上擦拭。柔软的、清凉的棉片抚过脸颊，不防备的，眼泪涌出来。棉片擦去旧痕，新泪又下来了，她几乎哽噎。棉片湿透，又换干的，很快又湿透，再换一片。整个过程中，"大妈"始终静默着，直到做完清洁，试妆完毕，她还是买下一瓶粉底霜，方才说出一句：对自己好一点。她惭愧起来，不回头地逃离"兰蔻"，走出梅西。

然而，这次际遇让她想起一个人，两回邂逅，称得上有缘，下一日午后，便出发往布鲁克林"牛铃"去了。她依然从威廉斯堡桥步行，走路可使心情平静，也可以消耗时间。也许是出发早了，还是脚下加快速度，或者是路熟，到地方，午餐供应尚未结束，正是热火朝天。老板娘亲自上阵，点单、下单、买单，托着菜盘餐桌间梭行。今天，换了一身白色衣裤，丝绸与化纤合成的材料，垂荡感很强，随动作起伏，前襟和裤脚上的彩绘花样时隐时现，有点像戏台上的女子。她茫然站在门口，牛铃一径地响，没人过来领座。有几度老板娘的眼睛掠过来，又掠了过去，似乎没有认出她。等了一刻，终于有人过来招呼，认出是上回管收账的华裔女人，将她领到中间一个单人小桌，靠着立柱，这样，更不易被老板娘发现了。女人快手快脚送上一杯水，从桌上夹子里抽出菜单放在跟前，旋即要离开，赶紧叫住，也不看菜单，就点一个炒饭，希冀唤起老板娘注意。一抬头看墙上的时钟，已过中午饭点，客流依旧汹涌，甚至排起等座的队伍。窗外街道上的人和车也比那日稠密，竟然有换了人间之感。不一时，炒饭上来了，不是上回的，而是所有中国餐馆里专对美国人口味，虾仁、鸡粒、葱段、蒜头、芥兰叶，盘边镶几片炸龙虾片。吃着炒饭，眼睛追寻老板娘的身影，立柱挡着视线，目标就常常消失踪迹。倒是后厨里的油烟一团一团送过来，仿佛看见那精瘦汉子立在灶火前翻着炒勺，铁铲当当地敲着锅沿。勉强吃下三分之一，再加把力，也为拖延时间，大约有一半光景，就招手打包和买单，起身向外走。她有意绕路，在餐桌间曲折往返，寻机会与老板娘照面。老板娘埋头在收银机前，她又加紧脚步过去，不等走近，老板娘却又离开了。推门的瞬间，她感觉到自己的荒唐，萍水相逢，何以解忧。这时候，身后伸来一只手，代她推开门，阳光扑面而来，几乎睁不开眼睛。是那个华裔女人，开口道：老板娘谢谢你，下回再来！不及回头答话，已被新进的客人从门边挤开。

阳光在地面流淌，这一条街就变得颜色鲜丽，忽然想起，这一日是周末，所以人多。她这一个闲人，早已经没有日程的概念，尤其这一段，作息制度瓦解，更失去坐标，仿佛回到混沌世界。走在布鲁克林的街上，路人中大半是游客，手里握着照相机，东拍拍，西拍拍。她也是游客，一个老游客，看惯了风景，却还不回家。无意中，跟着游人，走进小店，一踏入门，就听风铃一声响。店主和顾客都是年轻人，商品也是小孩子的喜好，就又走出来，继续向前。再进下一家，风铃又一声响，街上风铃声连连，呼应与唱和。终于折回头，上桥，向曼哈顿走去。桥上也比那一日熙攘，桥下的水面起着反光，闪闪烁烁。桥栏上零落挂着同心锁，胡涂乱抹的言语就离谱了。心情多少开解些，甚至还用手机拍了几张照片。走到引桥，曼哈顿的市声拔地升起，一片轰鸣，偶有电钻的锐响从中穿透，轰鸣又蛰伏下去。塔吊在半空中缓缓移动，好像巨兽在监控它的猎物。她，迎头过去，不是勇敢，而是没奈何。

六

事情一开头，就径直往下走。还是那个戴——自从戴来过，丈夫就不再与她直接通信息，这就更像是一个预先安排。戴和她通

73

话，告诉说最近形势变化，她先生不便自己出面，所以托他转告。人事更迭，频繁出台新政，他们这些依凭国企背景的民企，本来身份暧昧，如今处境就十分微妙，所谓"拉一把过来，推一把过去"，无论过去还是过来，接下来的麻烦都很不少，正面与负面的拒斥力量相等。在草创时期，骑政策中线所为，到立法趋向完善的当下，几乎件件都是出轨，他们这一批创业者，可说是有原罪的人，蹚过污泥浊水，替世人顶着十字架——现在，她想，圣坛要出来了！耶稣也要出来了！说话人仿佛不是代言的戴，就是丈夫本人，远兜近绕，归纳起来，一个公式：抽象问题具体谈，具体问题抽象谈。她很知道，他们其实越走路越窄，尤其新一代的虚拟经济起来，他们的实体性经营方式就算走到了刀锋上，这才叫"拉一把过来，推一把过去"，过来过去都是下滑。生产和市场都是有限资源，又到了重新分配的时刻，危机随之来临。唯有丈夫这样的人，才会扯到"原罪"。对是对，可就是"扯"得很。她想着丈夫这个人，原来这么近，现在无比远。所以——戴说，现在，我们最好做隐身人，继续保持暧昧，留在模糊地带，回顾历史——历史也来了！她又看见丈夫的身影，回顾历史，这一片模糊地带比清晰地带宽阔，它处理了许多理论和实际的两难，总之——她打断戴的话：你的意思是——戴脱口说：不是我的意思！接着改口：也是我的意思。她不由一笑：你们的意思是什么？戴变得嗫嚅了，她忽然感觉，丈夫就在戴的身边，几乎听见他的呼吸声。戴期期艾艾道：就保持现状，一动不如一静。好的，她说，放心，我哪里都不去！对方沉默着，她也沉默，两边都等待着，等待谁先挂电话。是礼貌，在这里则成为一种对决。时间过去，对方到底没挨过她，挂了。她浑身颤抖起来，就像高热引起的寒战，不得不双手环抱，从一个房间走到另一个房间，从厨房走到浴室，从这个浴室走到那个浴室。这套公寓，简直成了囚室。她走遍每一个角落，来回穿梭，身上的寒噤稍平息些，才发现牙关咬得死紧。做着深呼吸，松弛肌肉四肢，心跳恢复正常，她能够思考了。

回想戴的电话，她以为国内正调整经济结构，许多企业主引退江湖，如丈夫这一行，涉及到能源，追究起来，难逃咎由，滞留香港，不失为权宜之计。他早申办香港居留，如今满七年，便是合法居民，可是，可是……如果没有维维安，一切顺理成章，现实却是有一个维维安。她想到方才的回答，过于斩截，至少应该提些建议，比如，他可以来美国，全家团圆。丈夫英语不好，是一个否决的理由，再说，女儿要去巴黎，就谈不上团圆。那么，她可以去香港呀！她设想的反驳是，美国新买的房子怎么办？卖了！她在心里说。然后，又会得到一大段全球经济的预测性论谈——这个问题可撞上他的强项了。如此自问自答，果然只剩下一条路，她哪里都不去。想象中的对诘十分聒噪，都听得见声音，自己一个人的声音，对方只是沉默。这沉默漫延过来，将她一并淹没。

陈玉洁在沙发里坐下，疲倦极了。公寓里依然只有最初添置的几件必要的家具，动静都有回音，仿佛一个巨大的空洞。许多时间过去，日光转移，房间暗下，将空洞遮蔽起来，她感到一点安心。

朦胧听见门锁响，一惊醒，原来睡着了。一张年轻美丽的脸，凑得很近，就在她睁眼的瞬间，又离开了。女儿回来了。惶惶想道，没有做饭，让女儿吃什么？等着听女儿抱怨，却没有。自从有了维维安，很奇怪的，不是在他们父女之间，而是她和她，起了隔膜。有时候，她觉得女儿恨自己，恨她无能，让维维安插足。大概还恨她不是维维安，否则，父亲的爱就不会这样分裂。两千年的晚会上，父女俩跳舞的情景出现眼前。两千年，不是开玩笑的，真的，什么终结了，什么又开启了！

思绪弥漫，忽听见女儿的声音：吃饭了。方才还动弹不得的身体，这时腾地起来。女儿打开餐桌上方的灯，摆放餐盘，盘里冒着热气，是速成的意大利通心粉。她坐到桌边，有些惭愧地，低头捡起叉子。餐桌很大，足可以坐下十至十二人的大家庭，就像意大利人的家庭。现在只有她们两个，一头一尾，隔着一具枝形烛台，阻断双方的视线。她大口吃着，夸赞道：很好！自己都听出声音里的巴结。女儿说：谢谢。她们简直成美国人了，家人之间不停地道谢和道歉，这可以视作礼貌，同时呢，是不是也意味感情荒疏？停了一时，女儿说话了：法语课放假，我准备去上海，看阿娘。哦！她答应道，明天替你订机票。已经订好了，女儿很快回答。她抬头望过去，离得很远，在烛台的金属花枝后面，埋在灯影里的，绰约的脸，又长长的"哦"一声。明白了，女儿去的不是上海，是香港，她父亲出的机票钱。还是那句话，钱不是问题。不知道他们父女如何交割的，背着她，她已经出局了，没她的事。心里却另有一阵轻松——从女儿的示好，浮泛的，冷淡的示好，就可看出有事，现在知道是什么事了。女儿很快吃完，将空盘子留给母亲，事情说完，洗盘子的活就还给她了。

洗完盘子，收拾干净锅灶，对着厨房的窗口看一会儿。这幢公寓楼，兀自耸立，站在高层，就像身处云端。城市之光升起来，又将它托得更高。是装糊涂，还是为佐证猜疑，她走出厨房，到卧室里取了一叠钱，去敲女儿的门。等里面说声"请"，才敢推进去。女儿背对门，蹲在地上整理箱子，她说：把这钱交给阿娘。女儿说：有了。还是将钱放下，用镇纸压住。女儿没有回头，从背影看，似乎在哭，肩背微微颤动。纤细的娇好的身体，后颈里有一个浅窝。她都能感觉到这身子的体温和气味，还有哭泣。她想过去抱抱这身体，可明显感觉到一股拒斥。还有她自己，也在拒斥着接近。越是至亲的人，越是近不了。女儿在疏远她，事实上，她不也在疏远女儿吗？两个受伤人，各领一份伤心，合起来就是两份，情何以堪。她悄然退出，带上门。

下一日，她又去了布鲁克林。本还是决定走威廉斯堡桥，但中途改变主意，转为地铁。忽然心急起来，等不及要到"牛铃"，见到老板娘。见到又怎样？上回去，见到也像不见到，原就是陌路，又因为陌路，才可倾心相诉。出来地铁，时间才到午后一时，生意正忙碌。但不是周末，兴许好些，就直往"牛铃"走去。她可以等，等客流过去，老板娘闲下来。就像上上回，面对面坐在无人的店堂，听老板娘讲述。这回该轮到她讲，就扯平了。过几个路口，即到"牛铃",推开门,果然不是周末的热烈,七成座光景。华裔女人一边送菜一边回头照应:随便坐!显然认得她。走进几步,在上回立柱后面的小桌坐下。华裔女人端着餐盘经过,放下一杯水在桌上,来不及说一声:炒饭,人已经走过去。四顾周围,没有老板娘的身影。华裔女人却又站到跟前,她想说炒饭,开口却是面条。什么面?女人问。牛肉面,她说。炒面汤面?汤面。这几句应答往来速度很快,方有结论,女人抄走菜单,又不见了。留心看店内形势,但见华裔女人和墨西哥跑堂,脚不点地,折返于前堂与后厨之间。后厨传出的声气亦有些两样,烟火吞吐不那么汹涌澎湃,铲勺砧板的敲击则显得零落。老板娘始终没有出现。汤面上来了,鲜浓异常,便知不是从食材中提取,而是来自现成的汤料,那几片牛肉是后放的,来不及煮滚,所以就半凉。有一种变故在发生。她慢慢地吃面,等待老板娘露面,或者说,等待事态水落石出。客人少去些,仅余几位,其中包括她。时钟指向两点,华裔女人立即挂出打烊的牌子,站到收银机前清点小费。看来,眼下由她掌管店内事务。

碗里的汤喝尽,墨西哥人已经换上自己的衣服,双膝敞着破绽的牛仔裤,白色 T 恤底下看得见硬实的肌肉,走过她身边,笑一下,露出洁白的牙齿。现在,她是最末一个客人了。推开碗,站起来,走到收银机前索得账单,按最高一档小费给付。慷慨的数字让华裔女人脸色变得柔和,她趁便问:老板娘不在?对方含混地说"是的"两个字。她又问:去哪里了?回答依然是含混敷衍的:

出去了。什么时候回来？她紧问一句，收银机后的人抬起脸，表情转为警惕：是老板娘的朋友吗？这句话将她问住了，顿一顿，说：是。女人怀疑地看着她，复又低下头去，不再回答。她仓皇退后，向门口去，自觉有落荒而逃的意思，反倒不甘心，镇静下来，说道：我们在柏林就认识。华裔女人一怔，猜不出眼前人什么来历，脸上又换一种表情：老板娘的事情，我们并不知道。

吃了个软钉子，多少有些怅然，走出来，茫然四顾，不知要往何处去。身后玻璃门里，有一双猜度的眼睛，想：这个女人是做什么的？她终于举步，沿街走去，街道渐渐开阔起来，也更加清寂，绿地和石阶上面，矗立一座犹太教堂。从底下走过，却进入一扇栅栏，浓荫蔽地，花枝扶疏，蜜蜂嗡嗡飞舞。想不到布鲁克林如此广大。她在石凳上坐下，不远处是儿童乐园，有母亲和孩子玩耍，话音和笑声散开来，轻盈地振动空气。她吁出一口长气，醺醺然的，仿佛有一股醉意袭来。小孩子走近跟前，仰头看她。黑亮亮的脸蛋，头发被红绿丝线扎成五六个小辫，朝天冲起。小孩将一枝花扔过来，她探身去牵手，却一个转身跑了。就这样，坐到太阳西移，该起身走了。掸去膝上的落叶，出公园，循来路回去搭乘地铁。经过"牛铃"，禁不住往里看一眼，这一眼分明看见一个人，在银台后面，不是老板娘又是谁？猛一推门，门里人倒是一惊。这时，华裔女人忽从店堂深处现身，说道：她等你好久！心中涌起感激，感激代她说出这句话。老板娘并不觉得有什么唐突，从银台后面走出，领她到临窗的餐桌，就是她们头一回谈话的地方，面对面坐下，女人已经端上一壶茶。其实，她这时意识到，老板娘早已认她作朋友，所以也就不问为什么事而来。积郁的情绪舒缓下来，倾诉的欲望也不那么迫切了，平静地看着对面的人，这就发现这人样貌有变。原本饱满的脸颊变得松弛，于是皱纹生出，不仅是面部，衣服里的身子也枯索了，肩袖处空落落的。华裔女人退出店堂，留下她们自己，就像那一天，可是不对，少了一个，在后厨入口处，光影里的身影。你男人呢？她问。病了！老板娘说。什么病？照理不该这样紧追，疾病属于隐私，她们中国人却大可忽略不计。再则，她们是有缘人。肝病。老板娘果然不瞒她，她却纳闷，肝病的人做大厨，可是大胆得很。医生怎么说？她接着问。换肝！对面扔过来两个字。有保险吗？那人苦笑一下：我们这样的人，都是自己保自己。她倒吸一口气，不知道说什么好。那人却奋勇起来，高声说：我可以把我的肝给他，切一半，可是，什么医学伦理法规，非亲属关系，不可捐供体。可是夫妻属于亲属关系，而且最密切的亲属！她说。对面的人奇怪地一笑：我和你说，洋人的脑子有毛病，他们相信文书，市政厅的注册，或者教堂里的誓言，戒指换来换去，你愿意我愿意，就不相信眼睛，这是一种有病的人类！她明白他们没有婚姻合法手续，倘现在办理，就有要增加审核手续。我的心肝！压低声叫道，将头埋在臂弯里，伏在桌面上，不动了。

本来是这一个说给那一个听，结果还是那一个说给这一个听。

精瘦、细长、腿脚有功夫、拜师学过咏春拳、福建籍的男人，柏林时候，是她餐馆的厨工，比她年少十岁，彼此有心，但因东家尚在。这东家于他们双方都是有恩，可说是收留他们的人，决不可辜负的。青田女人看着她，又奇怪地一笑：按洋人的脑筋，我没有义务。我和老头，既没去过市政厅，也没上过教堂，威斯巴登那边，老头家里，还有一大群人呢！她没问一大群人里有没有他的太太，有又怎么样呢？我们有人心！青田女人握拳捣捣胸口。老头是在柏林这边走的，没受罪，一觉睡下，再没醒来，积多少德，才有这般福气？也是个受苦人，跟伯父出洋，漂到欧洲，二次大战以后，德国战败重建，需要劳工，才有了身份。这时候，积攒了些钱，就在威斯巴登这地方，做中国餐业，起先是一个亭子，渐渐做大，又各处开出分店，柏林店就是其中之一。老东家过世，她电话通知威斯巴登，等那群人来到，接上手，便离去了。店、房子、家什、钱款，都留下了，就带走一个人。下巴向后厨方向一抬，后厨沉寂着。所有东西都在人家名下，平日里，老头没少给她，做人要凭良心！拳头又在胸口捣捣。两人离开柏林，来到这里，也是投奔老乡，不是温州人，而是福建人，反正，都是自己人！从柏林来到纽约，可真看不惯，就像国内说的"脏乱差"，你知道——青田女人说，德国人特别会收拾，脑子有病归有病，收拾东西却不得不服气，一大优点！她不由笑起来，多少天来，头一次展颜。不过，"脏乱差"有"脏乱差"的益处，就是活路多，脑筋坏得轻一些，比较好商量。两人笑起来，并且，一发不可收拾，前仰后合，直笑到眼泪出来，才渐渐收住。

好了，开出这间店，安下家，再生个孩子——青田女人看着她，正色道，你不要笑！我没有笑！她辩解。你笑我生不出来，上回报纸说，七十岁的老太太，还生下一对双胞胎。她不知道哪一张报纸登过这样的奇闻，面对这个女人，伤心欲绝，又野心勃勃，还能说什么？我身体好，生理年龄很年轻，例假正常，整日价想着和男人上床！两人又笑，止住笑又添一句：只想和我男人上床。话说回到这里，气氛沉寂下来，愁容浮起，方才脸上的光彩褪去，蹙眉道：按我们家乡话说，我这样的女人身上有毒，沾一个，灭一个。她心里一惊，有些被乡下人的迷信吓住，嘴上却道：没那样的事！对面的人忽昂扬起来：有这样的事，也不是我！头一个，是寿数有限，该当死的；这一个，还没死呢！我命好，罩得住他，你信不信？她点头说：信！

茶喝干了，什么时候，华裔女人进来店堂，坐在一隅，将筷子插进纸套，再又按桌摆放。到开业的时间了。隔着距离，主雇俩来回说着什么，用的是相近的方言，就知道华裔女人也是青田一带籍贯。她听出几个字，"后厨"和"前堂"什么的，大约人工不足，不是缺大厨吗？于是就要重新调配。都没想一想，冒然脱口而出：我可以帮忙！那两人都一怔。青田女人说：你能做什么？至少，她嗫嚅起来，至少，洗碗！青田女人说：我付不起你这一等的洗碗工。她想表示不要工钱，又怕人以为说大话，不如客观一点，就说：按市价就行。两人都看她，检验说话的真假，她红着脸，又嗫嚅一句：反正我也没事。这一句话比较能信服人，她确实有闲人一个，谁都看得出来。于是，她留下来，当然不是洗碗，洗碗太屈才了，青田女人说，做前堂。这样，自己可以掌勺，不必让小工上灶。华裔女人取出一件制服，紫红色的棉布做成中式斜襟立领，裤子倒是西式，裤脚上各有一个盘龙的印花，脚下是塑胶平地布面鞋。她为难起来，商量说能不能就穿自己的衣服，像你一样——她指指青田女人身上的荷绿裙装。女人说：我是老板娘！她只得换上，两人都忍着笑。老板娘忽想起什么：你找我有事？她回答：没有，我就是没事！一半是人手的需要，另一半是，好玩，就像小女孩扮家家的游戏，穿上制服的她，变了一个人。青田女人上下端详她一回，问：怎么称呼？她说出名字，对方也说出，陈玉洁和徐美棠彼此结交认识。

七

如此，陈玉洁过起一种上班族的生活。每天十时走出家门，搭乘地铁。纽约尖峰时段已经过去，人流稀疏下来，车厢里也空裕了。现在，她能够辨别出，座上客多有餐馆里的工人，表情既是漠然，同时又有一种自足。她虽然不像他们的职业化，可至少，也是有去处，知道要做什么的人了。十点三刻踏入"牛铃"——这是一具真正的牛铃，来自德国绿草茵茵的巴伐利亚州。华裔女人，她跟着美棠叫作阿初姐，已经在店堂，后厨里有人到，听得见砧板声响。美棠时在时不在，视福建人那边需要而定，事实上，不在的时间在增多，店内的事务基本由阿初姐掌管。这是个谨慎的女人，口风很紧，从对店务的态度，陈玉洁以为或者是有投资，或者就是恩情重。温州人以乡谊为契约，自成一个社会，内里的规则外边人是无法谙透的。饭店照常营业，但仿佛有一种气息发散出去，生意日渐清淡，小费收入减少，墨西哥人离开了。陈玉洁的加盟就变得重要起来，甚至必不可少。她且格外卖力，其中既有新鲜的成分，也有帮助美棠的原因，更主要的是，这一段日子，她的心情在好转。女儿走了——确定去香港无疑，女儿的信用卡是她的副卡，看得出消费地所在。难免想象父女聚首的情形，他将如何介绍维维安？会不会引女儿进他那个家——她确定无疑，那里有一个家，人是需要有一个家的。女儿和维维安怎么相处，她们应该年龄差不多，属同一代人，也许能做朋友。那晚，女儿饮泣的背影出现眼前，她明白，女儿对即将发生的事情早有准备。一个人的公寓，更显得大而无当，为摆脱四周空间的压迫，她将其余房门都锁上，只在自己的一间里活动。当走过客餐厅去厨房的时候，听见自己的足音，就觉得这种压迫追逐而来。于是，将咖啡机、面包机、微波炉移进卧室，尽最大限度减缩活动面积。

"牛铃"完全是另一个世界，这段时间的相处，阿初姐和她似走近了些，称呼从"陈小姐"改为"玉洁"，还与她商量店务。现在，没法和美棠谈什么事了，"魂灵走出了"，这是阿初姐头一回向她评价老板娘。生意几近减半，阿初姐建议做成自助餐，以低价招徕，后厨和前堂的劳动都可节省。陈玉洁则对自助餐的客源抱怀疑，只怕新客未来，旧客已走失，她的意见是减少菜式。事实上，她发现，客人经常点的也就那几味，大多只是虚设名目，装门面而已，但凡遇到促狭的客人点将，或是说无货，或是勉强凑合。如今的大厨是原来的小工，能将常用的几道应付下来已属不易，再要有额外之举，一定砸锅。阿初姐觉得有理，当场拍板。两人也不去问老板娘，自主改写菜单，送去打印压膜。次日的下半天，美棠来店里，对菜单的革新视而不见，一路走到临窗桌前坐下。这一回，是陈玉洁端上的一壶茶。因穿了服务生的制服，先没认出她，后又说：以为是阿初姐呢。又低头不语。两人一个坐一个站，沉默好一时，美棠抬起头，认真看她，她被看得发怵。过一会儿，那人开口了：原先他身体好好的，每日早起一套咏春拳，自从你来，就出这样的事！阿初姐在那头看着，身影显得紧张，怕她们起口角吗？她静一静，在对面坐下，说：我确是个有霉运的女人，但并不在这一路。哪一路？那人脸上浮起讥诮的笑容，问道。霉在桃花运上，她说。那人收起冷笑，暗处可见阿初姐的身影似也松弛下来，放心了。陈玉洁开始讲自己的故事，三言两语，交代完毕，自己也惊讶这样没有感情色彩。兴许，她说，你们夫妻和美，不定是借我的呢！美棠目不转睛地看着她，她接着说：无论什么事，总量不变——天哪，她也说出"总量"，这才叫不是一家人，不进一家门！总量不变，老天爷分配不同，这里多一点，那里就少一点。什么鬼话！对面人轻声道，脸上的愠怒退下去，换一种温柔的表情。

这一天，美棠在店里守到打烊。晚饭时，她亲自下厨，做一盘温州炒饭，端给陈玉洁。就是头一回来"牛铃"吃的，米饭炒到粒粒松散，珠润玉滑，覆一层金黄的油炸虾米。自己也不吃，就坐在对面，指导她如何将米饭和油渣合起，一并入口，直看她吃到盆干碗净，吁出一口气，起身说：走吧！

生意不可阻止地下滑，这就是个连环结。店堂越冷清，上客越少；上客越少，店堂越冷清。外卖还勉力维持原状，送外卖的人手，墨西哥人却走了。只有阿初姐自己送，陈玉洁路不熟，又不会骑摩托。她曾经想过开她的车来，可那是一辆迷你宝马，太不合时宜，就打消念头，镇日留守，于是，店务有一半归她处理。每天提早一小时出门，推迟一小时进门，这又有什么用呢？客人继续少下去，有时候，一个上午不上座。厨工坐在后门口用手机打游戏，阿初姐到美棠处帮助料理家事，美棠回中国老家，找一位大师指点，福建人一个人在家休养。陈玉洁现在店堂里梭行，餐桌摆得不能再整齐，碗碟洗得不能再干净，玻璃窗明晃晃的，如此的清洁，只让人觉得肃杀。要知道，布鲁克林是个闹哄哄、乱糟糟的地方，整个纽约就是个闹哄哄、乱糟糟的地方，所有人同时说话，为使自己的声音听得见，不得不吊着嗓门，你高过我，我高过他，他再高过你，最后谁也听不见谁。

美棠从国内回来的那一日，情绪高涨，大师的箴言极其鼓舞。大师说，福建人的星命是在西边，前半段他是顺势行，从香港到欧洲，到美国，不是一路向西？然而，在东岸滞塞久了，应继续向西，所以，就准备迁移。"牛铃"怎么办？玉洁问。美棠说出一个字"卖"。阿初姐声色不动，陈玉洁则是一惊：卖？美棠斩截道：

卖！陈玉洁不由惘然，她已经将"牛铃"当成自己的家，若不是有它，每日晨昏如何度过？不要！她的声音带着哀恳。美棠避开她的眼睛：人命关天！说罢走到银台，打开收银机，又推上，再打开。事实上，心绪烦乱，不知从何入手。玉洁镇定下来，说道：卖给我！连阿初姐都吃一惊，可是，不谓不是个出路。开个价！她说。美棠的手停下来，转脸向她，忽怒从中来，说：知道你有钱，有钱人买幢楼就像买棵白菜，可是，你知道怎么经营？你会吗！玉洁说：我雇你做经理。美棠止不住笑出来，笑着笑着哭了，人朝后一退，坐倒在地上，双手拍着地面。她上前拉扯，被阿初姐止住，动不了。号哭声在店堂里回荡，其中夹杂着诉说，是青田话吧，没一句听得懂。

　　这一日，"牛铃"照常营业，美棠对玉洁说，饭店接手，一日不可停业，否则就少去一堆回头客，若要装修，只有夜间施工，懂吗？方才一场恸哭，将多日的积郁清空，脸色变得澄明。懂了！她驯顺地答应，心想阿初姐不让她上去劝是对的。那人接着说：留住现金，现金为王，所以，中午必收现金，晚上才刷信用卡。懂了！她说。中国话说，天网恢恢，疏而不漏，这个国家是法网恢恢，密而有漏，你知道区别在哪里？不知道，她谦虚道。读过的书白读了吧！一个是天网，一个是法网！那人得意地说。天网是全罩，法网只罩一半，我们是罩不住的那些人，所以这也不合法，那也不合法，动一动就犯法，但是，在天道里，都是入籍的人，这就叫"星命"——说到此，停下来，仿佛陷入茫然，不知该往何处去，顿一顿，又接下去——所以，我们要往西岸去。西岸什么地方？玉洁问。走一程算一程！"叮"一声响，进来客人，阿初姐赶紧迎前领座。那人却不肯挪步，当门站着，这才看清是个洋人，英语却说得磕磕巴巴。他说不是吃饭，是寻工。问他会什么，回答"拉面"。这三个人就都笑起来，他却很认真，说曾经在老家布拉格跟过一个中国师傅，学过两年"拉面"——"拉面"两个字是用中文说的，发音很准。美棠和玉洁互相看着，问：要不要？一个说：你是老板，你说了算。另一个说：没过户，你就还是老板！那洋人不知道她们说什么，来回看她们的脸，最后美棠做了个拒绝的手势，来人退出了。

如此搅扰一下，卖店的话题搁置了。又仿佛是一个谐谑的开头，剧情变得活跃。到下半天，忽然上客了。美棠到后厨掌勺，小工将砧板剁得山响，阿初姐的女儿，一个高中生，也喊来帮忙。看女孩伸开小臂内侧，稳稳搁一溜碗碟的手势，就知道在中国餐馆里长大，却不会说一句中文。热腾腾的气氛，像是起死回生，又像最后的晚餐。第二日上午，街区格外寂静，一夜狂欢之后，宿醉未醒的样子。生意回复平淡，美棠也回到时来时不来的旧况。阿初姐告诉说，在法拉盛找到一位中医，给开了方子，有几样药引很难得，老板娘正寻觅。这才叫病急乱投医！阿初姐叹道。陈玉洁倒有一时的心安，因暂时不会有变故，只期盼现状维持一日是一日。每到收工，与阿初姐一并结账，关窗闭火，两人在"牛铃"门前分手，一个驾摩托，一个步行往地铁口。周末的地铁，总是很乱，停开的停开，并线的并线，陈玉洁始终没有总结出规律，都是走着瞧。这日错了一条线，下在陌生的站点，站台上没有一个人，心里有些生畏，索性出站上到路面。远远看见新建的世贸中心，夜雾缭绕中，塔尖发出幽光。她辨别出方位，徒步往中城走去。

凌晨时分，城市在静谧中浮托起来，升高了，空气凛冽。她生出一种奇怪的分离，好像一个自己看着另一个自己，走过一条街，又一条街。红绿灯兀自转换，路口无车亦无人，只有她自己，穿行在楼宇之间的峡谷。她张开双臂，简直要飞起来，飞到楼尖上，俯瞰曼哈顿岛。

这一日，回到公寓，推门就见灯光大亮，上锁的房间敞开门，客厅地上桌上堆着东西，女儿赤着脚跑进跑出。她有一点激动，喊了一声，女儿转过脸，蹙眉看她，问道：哪里去了，这么晚！她说：上班。女儿转回头继续忙碌，似乎有一丝笑影掠过，笑她：你能上什么班！女儿看不起她，她很理解，转身回自己房间，女儿却又说出一句：看你过的什么日子！她站住脚，掉过头，看着女儿：我过什么样的日子，你们比较满意？她着重说"你们"，而不是"你"，话里有话，难免是刻薄的。她注意到女儿比走前略丰润，经历十多个小时飞行，竟然还很精神，看来这一个月过得不错。女儿瑟缩了，喃喃道：对自己好一点嘛！她心软下来，又一次听到这句话，由女儿说出来，到底不同些。她叹一口气，说：我过得很好。女儿低下头，将桌上一堆礼盒推向母亲：给你买的。谢谢！她说，看见包装袋上写着"崇光百货""金钟广场""太谷城"的字样，不是从香港来又是从哪里？女儿说：下月就去巴黎，已经找好一所学校，那人付了全部学费。"那人"是指父亲，一阵痛楚袭来，她让孩子失去父亲。事实上，父亲还是父亲。停一时，她问道：爸爸还好吗？这个问题真把人难住了，女儿停了更久的时间，然后回答：不知道。

这一夜没有睡好，临天亮方才入眠，一觉起来已是上午十点多，大叫不好，赶紧起床。公寓里静悄悄的，女儿的卧室门紧闭，里面藏着女孩子醋甜的睡眠，几乎听得见纤细的鼻息声。她忽然想到，女儿走了，她又将是一个人在这公寓里，四壁空空，邻里老死不相往来，难得见面，需用外国语寒暄。禁不住悲从中来，冲出门去。电梯下到底层，穿过大堂，站在楼前的合欢树花影地里，静了静，将眼泪吞进肚里。

到"牛铃"已经中午，料想不到，美棠在店里，正和阿初姐说笑，看上去心情不坏，大约药引子觅到了。两人都注意到玉洁神色有异，阿初姐装没看见，美棠的眼睛一直追着，就晓得放不过她，不如照实说了。其时，心情平静下来，却如死水一潭。美棠的眼睛还在她脸上，仿佛看得穿她，说：你这样不行！陈玉洁不明白了：这样是怎样？美棠说：这样的就是这样！陈玉洁无心纠缠，不予理会。美棠的手搭上她肩膀，硬是扳过身子，这使她想起梅西百货里的那个兰蔻女人。中国同性间不忌惮肢体接触，这是多么好的文化啊！美棠扳过她的身子：你要学会崩溃！这倒出乎意外得很，转过眼睛，直看着对面的人。崩溃呀！美棠说。陈玉洁想起这青田女人坐在地上呼天抢地的情景，要是也能来那么一下，或许会轻松很多。可是，她真的不行！美棠继续启发：你看外国电影，洋人碰到屁大点事情，就尖起声音大叫，撕扯头发，然后到洗手间，拉开柜子，翻找药瓶子——哗啦啦撒一地！美棠学着电影里女人的疯狂动作，陈玉洁笑起来。要崩溃，才能救自己！美棠说。看她还是笑，便叹气：你可真能熬，那还怕什么呢？牛铃叮一响，上客了。

八

女儿索性不回来，她也就撑持了下去，可一来再一走，情况就不同了。公寓里又剩她一个人，形影相吊。她想，儿女就是让人软弱的一样存在。她很羡慕美棠能够崩溃，崩溃也要有能量不是吗？像美棠这种元气丰沛的女人，才可如火山爆发，岩浆奔腾。她显然热力不足，也是受文明毒太深，异化了本能，自持的结果就是自伤，一日一日萎缩。美棠说，跟他们一起去西岸，地方都定了，圣迭戈。为什么是它？从中国回来路上，在芝加哥机场转机，遇到一个台湾老太婆，说是老太婆，也就六十来岁，在圣迭戈开餐馆，抱怨儿女都不生孩子，不让她做祖母，说一旦有第三代，立马卖掉餐馆，专司喂养。美棠说，要卖就卖给她。虽是戏言，但两人认真交换通信方式。美棠向玉洁说着这段路遇，眼睛烁亮，在日渐消瘦，瘦成长条的脸颊上，有一点叫人害怕。这梦呓般的憧憬并不鼓舞，反是沮丧。事态不可逆地颓圮，越来越加速，越来越不祥。这两人各在迷局，头脑已经糊涂，单阿初姐一人清醒，照管店务。实在忙不过来就遣女儿来帮忙，有时小姑娘还带来意大利籍的小男朋友，两人唧唧哝哝说着情话，交臂而过抽空亲个嘴，难免打翻碗盏，或者上错菜点，轻佻的举止不合当事人的心境，但也调节了"牛铃"里的阴沉空气。

　　这一天的中午，依然小猫三只两只，帮工的小男女在学校上课，陈玉洁和阿初姐两人对付，尚有余裕。叮一声铃响，进来的是美棠，脸色平静，并不说话，径直走过店堂，向里走去，通往后厨的过道口一转身，不见了。陈玉洁寻到跟前，见地下室楼梯上，有人影一闪，随即也下去。暗中几条光线，从顶盖的金属板缝隙透进来。她磕绊着循动静迈步。空气中充斥一股咸腥辛辣的气味，由脱水的鱼鲜和肉类合成，是唐人街特有的，一旦走近，便扑面而来。她想起第一次来到这里，远远就看见，盖板翻起来，精瘦的福建人，半个身子探出街面，接货放货，行动生风。她叫了一声，纸箱后面传出回答：让我崩溃一下。她不做声了，等待有惊天动地的事情发生。时间在沉默中过去，什么都没有发生，但是，她又分明感觉到一种坍塌，先是一角，再是一面，然后一层一层陷下来。灯啪地打开，地下室一片通亮，却更像是夜晚。阿初姐的声音在头顶响起：你们在做什么？上客了。她振作一下，转身上去，留美棠自己，崩溃吧！她在心里说，按物质不灭的原理，收拾收拾，再做一个人。

　　方从地下室上来，不禁让地面上的光明眩了眼睛，今天是个好

92

天气。她依阿初姐指点，去到窗边桌上，放下一杯水，客人屈指叩两下桌面道谢，然后将手点在牛肉汤粉一栏。这一位先生，亚裔的脸，从形状看，大约是香港人。她忽觉得面熟，仿佛见过，又不知在哪里。客人双手插在短夹克的口袋里，安静等待上餐。看不出年纪，似乎是中年，因发顶稀薄，面上也见沧桑，但却有一种单纯，让他显得年轻，就像一个在校的学生。汤粉送来，他自己从桌上调料瓶倒出辣椒酱，覆在碗上，筷子一搅，还未进口，额上已冒出汗气。从吃口看，也像广东一带的人籍。牛铃响一声，进来人，隔一条街上修路的南美人，每回都是同样，一块猪排，炸成两面黄，一勺米饭，几朵绿菜花，最后浇上酱汁。近些日子，他们成为中午的主要客源。吃饭带打尖，可消磨一整段休息时间。没什么赚头，但有他们在，店内就显得不那么萧瑟，客引客的，也带进少许生意。香港人还在吃，头埋进汤碗，顶上稀发受了热，竖起来，看上去有点滑稽。顺道时，她替他添了茶，手指头又叩两下桌面。她想，他要是发声说话，也许就想起来是谁。可他一直不张口，于是，那一点模糊的印象消失了。

南美人离座上工去了，香港人这才招手买单，临走终于开口，问道：老板娘不在吗？她犹疑一下，回答：老板娘很忙。哦，他说，然后走过店堂，推门出去。声音和姿态都是温和的，是个有教养的人，陈玉洁收拾起碗盘，心里想。中午营业过去，她们几个已经吃过，美棠方才从地下室上来，脸上没有泪痕，甚至相当平静，这平静是崩溃之后还是之前？她暗忖道。阿初姐下厨做一碗汤饭，捡几样咸菜放在面前，走开了。陈玉洁站在桌边，看徐美棠用餐，这情景使人想起初次邂逅，但是反过来，这一个坐，那一个站。她告诉说，方才来个客人，问起老板娘。美棠"哦"一声。她继续描绘客人的形象，也是没话找话，气氛不至太消沉：身量不高，黄黑皮肤，态度谦和，口音里——这就吃不准了，因为客人惜字如金，说话极少。美棠说：知道了！再找不出话题，就枯站着，看美棠吃下一碗汤饭。饱食使神经放松下来，方才的平静更可能是极度紧张。此时，脸上浮出红晕，显得十分慵懒。抬头看她一眼，说：那人也是从德国过来，原先在汉堡开书店——她这就想起为什么面熟，那个沉默的书店老板，搬着半人高的书走上走下。书店呢，盘给谁了？陈玉洁问。盘给谁谁要？赔本的买卖，拿老爹的钱不当钱，早晚一回事，关门大吉！美棠仿佛很来气，说出一大串。刚才应该叫你的，玉洁颇有遗憾。千万别！美棠举起一只手挡在脸前，我怕他。她纳闷着，想不出怕他什么。举起的手捂住眼睛：我怕上帝，他是上帝派来的。美棠的手久久不放下，看不见手掌后面的脸，她拾起空碗，走开了。

这天夜里，福建人走了。阿初姐电话给她，约好次日一早去吊唁。美棠的家在布鲁克林福建人集居的街区，不晓得是哪一代的唐山客过海到这里，买下地皮，翻造房屋，出租给同乡人。纵横的街巷，墙上用中文和注音写着：同安道、南平道、泉州道……大约以籍贯命名。美棠所住莆田道，一条狭街尽头搭起灵棚，两行花圈排到街口。一是入乡随俗，二也是生计繁忙，丧事免去繁冗，一切从简。遗体直接从医院送去殡仪馆火化，然后送回，停放在本乡人的祠堂，一间独立的二层小楼。灵棚里只设一张相片，相片中人很年轻，也是精瘦，不笑，严肃地看着祭奠的来客。她和阿初姐各点三炷香，送上白包，就赶回"牛铃"，饭店照常开业，正如美棠说的，停一日，拒一批回头客。吊唁的人群里，看见前日来店里的香港人，听见有人与他招呼，称他潘博士。

　　三天之后，美棠来到"牛铃"。前一日里，新聘的大厨上工了，也是福建籍，但来自不同的县份，早几日就找下了，碍着美棠，等尘埃落定，这时才进店。他称阿初姐老板娘，陈玉洁并不以为意，很快发现，"牛铃"已然易主。其实，自福建人得病，美棠就一直向阿初姐出让她的份额，终于，所剩无几。等福建人走了，其余的全部脱手。这一切，都是在陈玉洁不知情下进行，她到底是局外人。美棠不在"牛铃"，她也就没理由在了，最后一次来到这里，一是向阿初姐道贺，二也是，怎么说呢？前后几个月相处，她总要道别一下吧！阿初姐将她们安顿在临窗的桌上，她们总是在这张桌上，面对面。阿初姐一道一道地上菜，很快铺满餐桌，留下她们自己说话，不再作陪——都是自己人，阿初姐说。这一日，最忙碌，进货、卸货、与新厨子交涉、又有应工的面谈。美棠双手抄在胸前，合目养神，她不敢打搅，沉静着。只听牛铃"叮"一声响，又"叮"一声响，再"叮"一声响时，进来了那个香港人，潘博士，看着她们，犹豫一下，走到立柱后面桌前坐下，与两人隔一段距离。

他又来了！她轻声说。谁？美棠合目问。潘博士，她说。美棠笑一笑。请过来一起坐？她问。美棠没回答，就知道至少是不反对，于是立起身过去请人。潘博士受她邀请，没有意外，站起身随后跟来。阿初姐眼明手快，立刻将他的茶盅碗盏收拾起，几乎同时摆开在她俩桌上。现在，他与她坐一边，面对合目不动的美棠。有了第三人，气氛就活泛一些，她说：曾经见过你，在汉堡的书店。他当然记不得，抱歉地笑。她又说：那时候，中国学生往你书店好比跑娘家。他欲开口说话，结果还是笑而不语。她觉出这人的有趣，说：书店关门，中国学生没地方跑了，会感到寂寞的！潘博士这才说出一句：今非昔比。这一句可解释中国学生的处境，也可用来解释他自己的，称得上言简意赅。怎么来美国的？她问，自觉得像是审讯，但好奇心迫使，还因为此人的厚道天真，所以就不怕失礼，放肆了。他依然笑着，低下头，惭愧的表情。美棠却在一边出声道：传播福音来了！陈玉洁想起当时就有人告诉，这是个基督徒。美棠说：把老爹的钱造完了，只剩下福音了！她想拦住话头，这话既是渎神，又是伤人。他却接了过去：书店很难经营。美棠睁开眼睛：要我说，所谓福音，就是诅咒，是不是？我男人已经见好，遇上你，掉转身坏下去，坏到底！这是美棠一贯的逻辑，起先不还把她当灾星，如今转到这一位身上，是出于迁怒，但也可能是一种怪力乱神论。他强辩一句：他到上帝身边了！美棠冷笑道：上帝是谁？我们不认识，他应该在我身边的，在那里——她的手指向后厨——在那里炒菜。后厨里的油烟涌出来，仿佛呼应她的话。美棠！陈玉洁叫起来，不要再说了！

96

她真有点害怕，怕说话人会受罚。美棠转向她：起先还有些信呢，去教堂听讲经，听到什么"尘归尘，土归土"，就坐不住了，分明一个大活人，怎么就变尘土了？晓得这不是讲道理的时候，陈玉洁还是竭力劝阻：生死由命，不是潘博士的事！命？凭什么规定生死，是谁给它的权力？美棠态度很好，摆出一副讨论的架势。老天！陈玉洁乖乖地回答，就像受了魅惑，跟随走去。不还是上帝吗？美棠微笑着看对面两个人。她挣扎道：癌症是目前的科学尚无解决的难题。对面的人歪着头：科学出来了，到底上帝还是科学有决定权？这样就进入有神论和无神的命题。陈玉洁认真起来：上帝有决定权，但它要借用一双手去实施，科学就是这双手！徐美棠问：为什么是科学的手，而不是你我的手？她说：你我太渺小了，一个人的时间也太短促，要经过许多许多代，才能发出一点光芒，科学之光！对面人说：这话我不能同意，照这样说，我们都是白耗时间，浪费生命？潘博士被她们的对话吸引，兴奋起来，几次插话，企图发表意见，都被挡回去。他哪里是她们的对手，一个有强悍的性格，另一个则是知识的力量。但他的笑容，那么谦逊和惭愧，更好像一切都是他的错，于是又显得无辜。他只能不断扶一扶杯盏，它们在双方激烈的手势底下，差那么一点点就倒翻到桌子底下去。

三人走出"牛铃"，已是薄暮，这一餐饭，从午前到午后，再到晚间营业时间。阿初姐送到门前，嘴里说着"再来再来"，事实上都知道不会再来了。三个人都有些醉，无端地高兴着，走在街上。抬头看见电线杆上高高吊着一只靴子，原来是修鞋铺招徕生意的广告。美棠说：洋人的脑筋很有毛病！潘博士弯腰拾起几块石头，瞄准了向靴子投射，终于有一块射中，靴子动了动，玉洁说：它接受了福音。三个人在威廉斯堡桥口分手，各往各处去。她走上大桥，引桥在布鲁克林上空盘旋，离河面老远老远，等她走到桥中心，灯光亮起了，在心里喃喃说一声"科学之光"，继续向前走。

后来，陈玉洁和徐美棠真的去往加州圣迭戈，西岸的南部。那个台湾老太婆出售的餐馆还要向南，临墨西哥边境的一个小城，到摘采草莓的季节，就有大批的墨西哥人过境到农场做工。这里的墨西哥人比纽约的温和，应该说，所有族裔的人都比纽约的温和，安静，亲切，友善。大城市将人磨砺成一种坚硬的材质。这餐馆是当地唯有的两家中国餐馆的一家，已有四十年历史，那老板娘用它养活了三男二女，终于，第三代出生，便收官退休，享含饴弄孙的天伦之乐。她信守诺言，将餐馆出让给徐美棠，严格说，是徐美棠的朋友陈玉洁。按先前的立约，陈玉洁做老板，徐美棠任经理，经理兼大厨，老板负责前堂。原来的一个厨工，一个跑堂，还有一条大狗，一并留下来。那狗太老，不能承受迁徙的动荡，似乎自知无法跟随旧主，很认命地趴在窝里不动。临别时，泪眼对泪眼，很久很久，无奈门外车喇叭一径地催，方才一拍两散。

餐馆总共十来种菜式，编号排序，无论鱼肉荤素，一律都是滚水中氽一氽，然后浇上预先调好的酱汁——老板娘称之"打沙司"，不惜赐教，如何配料，打出味厚色浓的"沙司"。出于恭敬，一一应道，心里却不以为然，决定另开新路，往精细清淡方面发展。来客对盘中物流露出谨慎的态度，几天时间过去，一个人也没有了。只得因循老板娘积几十年经验创立的路数，方才渐渐回来客人，生意重又兴隆起来。餐馆没有申请酒牌，不设酒吧，晚上收市比较早。总体上说，小城的夜生活相当节制，只有公路边上的一家餐厅，通宵营业。尤其周末，聚集着年轻人，电子乐的低音，咚咚地敲击，空气起着震荡。从纽约那地方过来，多少会觉得沉寂，可两个人互相作伴。打烊以后，坐在厨房灶头边，做两个温州家乡菜，烫一壶日本清酒，电视机里播放着美棠所说"脑筋有病"的节目，有当无的，半个晚上过去，剩下的便是醋畅的睡眠。她们的睡眠都改善了，公路上疾驶而过车辆，从梦里穿行，使人不至于彻底坠入虚空。

即便是这样平淡的日子，也会有意外发生呢！有一日早晨，门敲响了，里边人还没开业呢。敲门声止住，过一时，又响起，来回几番，终于耐不住，开出门去。这一开门不要紧，一声尖叫冲上天。陈玉洁以为发生抢劫，大白天的，竟还有这大胆的事，跑出来，也是一声尖叫。面前站着一个人，谁？潘博士！风衣上蒙一层土，身后一架租来的车，也是一层土，垂手提一个旧背囊，腼腆地笑着，不好意思抬眼。两个高个子女人，一人一边架着胳膊，脚跟离地提进门去。问他怎么会来？他不回答，也不需要回答，管他怎么来，总之，他就来了。

潘博士住了三天，重又上路了。他出身香港一户富商人家，父亲指望他参加家族事业，攻读商科。他对经商一无兴趣，但也听从父命，来到德国读经济。第一年就被高等数学击败，转读哲学，为此和家庭决裂。终究是自己骨肉，父亲给出一笔钱，从此不再负担，无论生活还是学业。另有一笔存于托管基金，结婚成家时方可支付。他用到手的钱开出汉堡的书店，书店终于关门，便到教会做义工，挣些吃喝。因他始终没有结婚成家，所以名下的第二笔钱便不得动用。逐渐地，他发现自己，最适合的生活是，做一名游僧。开车行驶在西部的沙漠，仙人掌一望无际，太阳照耀大地，前方是地平线，永不沉没。

你的麦子不能割

蔡中锋

我那三亩麦子熟透了。那天天刚放亮，我就带领一家人拿着磨好的镰刀到了田头。可是正在我弯下腰要割麦子的时候，却接到了张乡长的电话："我说王村长，听说你家的麦子是咱全乡长势最好的，你家的麦子先不要割啊！"我不解："我刚到地头，正要开镰呢。您怎么不让我割呢？"张乡长说："这个你不要管，你先不割就是。我申明，若你胆敢私自割了，我唯你是问！"

过了三天，我那三亩麦子已经熟过头了，开始焦穗掉粒，我坐不住了，忙给张乡长打电话："张乡长啊。别人家的麦子都已全部割完，只剩下我的这三亩了，这还是小事，更重要的是，这三亩麦子若现在再不割，就可能都坏在地里了。"张乡长非常严肃地说："那也不能割。这是命令，你必须执行！没有我的命令，你什么时候也不能动镰刀！明白吗？"我虽然很不解，但也只能苦笑着说："是！我坚决执行命令！您就放心好了！"

那天夜里，下起了雨，不大不小的雨一直下了半个月，麦地根本进不去，等雨停了之后，我再到我那三亩麦地里去看，却发现麦田里所有的麦穗和麦秆都长满了黑黑的小霉点，不少麦穗上还发出了麦芽！

我忙给张乡长打电话："张乡长，您一直不让我动镰割麦，现在，我的麦子已经在地里发芽了，即使再割也没什么用，只能喂牲口了！多好的三亩麦啊，就这样白白浪费掉了！"张乡长一听，非常高兴："你的麦子真的到现在还没割吗？"我说："真的啊，你不让割，我哪敢割啊！"张乡长忙问："麦子还都长着没倒吧？"我说："那倒没有，这些天只下雨，没刮风。"张乡长一听，立即兴奋地说："太好了，真是太好了！"我大惑不解："可是，这究竟是怎么回事呢？"张乡长说："是这样的：李县长前几天说要到我们乡亲自割几垅麦体验一下生活，让我给他找块好麦地，于是我就想到了你。可是没想到他刚安排好这件事就生病了，直到今天才出院！不过还好，你的麦子还没割，我们现在至少还可以去你那儿补一下镜头嘛！"

北方化为乌有

双雪涛

　　刘泳看着饶玲玲，束手无策。作为出版人，饶玲玲无疑是最好的，敬业，聪明，敏锐，珍惜每一页纸张，善于整束所有人的资源。作为一个女人，她一塌糊涂。没有结婚，没有孩子，没有信仰，基本上是靠着虚荣心在工作。还有最要命的一点，就是酗酒。此时，2012 年 1 月 22 号，除夕夜，她坐在刘泳在北京的寓所，已经喝了七个小时。有那么几个时刻，她似乎已把刘泳当成酒保，不时用食指敲敲桌台，示意他把酒给她续上。她身材高瘦，令人想起福楼拜那个著名的比喻，裹在衣服里，如同一柄剑插在剑鞘。她喝掉了自己带给刘泳的两瓶红酒，上面还绑了花。目前开始蚕食刘泳珍藏的威士忌，公寓里的干果已经被她吃光。刘泳看她用手指在空盘摸索，便套上羽绒服下楼。超市关门了，街角做卤味的福建人也已回家过年，铁门上写着大年初十恢复营业。漫天的烟花，路上飞散着硝磺的气味，好像一场战役刚刚落幕，地上尽是红色的纸屑。突然从黑暗里窜出一支炮仗，在刘泳头顶发出一声巨响，吓得刘泳一激灵。那炮仗像是残敌掷来的手雷，震得窗框直晃，却不知对方藏在哪里。

按理说，饶玲玲这时候来找刘泳，刘泳也应该反省。来之前，她没打招呼，算准他在，算准他是一个人，算准他无所事事也不会睡觉，算准他如果不是无所事事就是在摆弄着电脑写着新的长篇小说，算准他再讨厌她的行径，也不会撵她走。这足以证明刘泳在饶玲玲心里是怎样的一个人。刘泳三十一岁，一米六七，六十五公斤，头发白了三分之一，蓝色羽绒服里头穿着一件旧衬衫，前襟因为抽烟破了一个洞，不过此时掖在裤子里看不见。灰白色的运动裤，裆前有尿渍，左边大腿上有一块醒目的油点。

他一直使用洗衣机，洗衣机不会针对一个油点。

刘泳和饶玲玲合作了三本书，两本长篇小说，一本小说集。之前出过一本小书，跟没出差不多，只是几个大学里年轻的批评家发现了有这么一个人写得挺有意思。跟她合作之后，他的境况有了明显改善，靠着版税可以过活，一本小说正在改成电影，接触的人，也终于逐渐地，喝红酒和威士忌的，比喝白酒的多了，有几个人还用喷枪烧着雪茄。不过他还是和过去一样，羞于见人。虽然不需要再为生存恐惧，他的作息和工作方式没有变过，每天八点起来，下楼吃早餐，回来写一上午，中午吃饱一点，午睡。睡醒之后处理一些邮件，回一些电话和微信，然后接着写一点。晚上也许自己喝一点酒，或者就在家附近见见老朋友，或者自己去电影院或者躺在沙发上看一部电影。唯一的区别是，当有了一些积累之后，他能够更从容地准备。他准备把萦绕自己多年的故事写出来。先写上一年初

104

稿，信马由缰，然后再说。

刘泳回来的时候，饶玲玲已经脱掉毛衣，只穿一件贴身的T恤。刘泳说，你别再脱了，我很两难。她仰头说，你两难个屁，你从来没想动过我。他说，不要贬损自己，也不要贬损我。她说，没有贬损你，你他妈的一向精于算计，你要是对我有念想，你就不会跟我合作，你就是这么他妈的无聊。我一直纳闷你这么乏味的人，怎么会有人买你的书？他说，那是你的本事，你是这个意思对不对？她的眼睛一喝酒就扁一圈，目前是两块菱形。她说，你坐下。他坐在她对面。她三十三岁，柳肩，胸很平，这就少了不少尴尬，他可以将其看做胸肌。她说，说真的，小泳，我做你的书，不为别的，我看你的书都哭。他说，你没跟我说过，你算版税算的可细了。还有我说过好几回，别叫我小泳，不是你叫的。她说，我是南京人，没去过东北，你写的东北我不相信，但是我会哭，这就是为什么我做你的书。他说，你不相信，这个不好。她说，那是你意念中的真实，那些人没那么好，对不，要不然你也不会大年三十不回去。他说，喝多了谈论文学是最没劲的事儿，实在无聊的话你就继续脱。她说，你有个小说说下了一场大雪，工厂的托儿所很旧，礼堂改的，木制的，被大雪压垮了，你们这帮孩子一点事儿没有，就在雪和木头里头玩捉迷藏，阿姨在后面追。刘泳说，我写过。她说，不知为啥，看到这儿我哭了，但是我不信。你们一个大厂子，车间都是石头的，我就不信托儿所是木头的。而且房梁都下来了，人的密度那么大，会没事儿？这就是你们东北人吹的那种牛逼。他说，这事儿有。她说，放你妈的屁，我的故事你为什么不写？我小时候学舞蹈，一身都是伤，在台上一转圈甩出去都是眼泪。来了北京，先从图书批发干起，跟大老爷们一起搬书，睡过五六个作家，后来发现他们都是朋友，有一个群，背后谈论我，你为什么不写？他说，我是个东北男人，写不了南方女人的人生，况且，我要是真写了，你第一蹦出来说我诽谤，对不对？她说，不是这个原因，是你除了你的童年你什么也不会写，你狭隘。她想激怒他，饶玲玲经常会尝试激怒别人，尤其是男人，在争吵中实现男女平等。刘泳没有生气，一是他明白她的企图，二是他已经过了在意这种批评的时候，有些批评家也会这么说他。这很中肯，不过对他没什么影响，他自己也没有因此感到羞愧。

接神的时刻来了，窗外的爆竹声密如一场暴雨，终于过去了，又归为沉寂。北京已变成空城，归家的人卸掉了这只巨兽的内脏。刘泳想起去年春节的时候，他还不认识饶玲玲，自己穿着羽绒服跑到长安街上骑自行车，骑得忘乎所以，满身大汗。随后他又想起小时候在家里过年，奶奶会包两种饺子，一种是三鲜馅的，一种是芹菜馅的，三鲜馅给大家，大概十几个人吧，芹菜馅只有他一个人吃。爷爷用筷头蘸一点白酒喂给他。小勇，酒是粮食精，张嘴。爷爷在工厂的事故中失去一只眼睛，面部失去了平衡。那只假眼珠像果冻，好像一敲他的下巴就会掉下来。他死时，刘泳在高考，没人告诉他，他得知时他已给烧成灰，下葬在城市背面的山坡上。他成年之后经常会想起那只眼睛，他的面容和高考的试卷一样已经仅具轮廓，只有那枚果冻式的眼睛永远不会腐朽，似乎一直在某个高处看他。

饶玲玲站起来走向她的背包，他以为她要走了，心情突然有点不好，她没有走，从背包里拿出两摞书稿。她说，你这个长篇的开头我看了，你准备写多少字？他说，没想好。她说，我看了这两万字，觉得你这本书得三十万字。他说，有可能，也不一定，那两万字也许不能用，我最近在琢磨，开头可能得重新写，你知道我想用书面语写一个小说，过去写不太长，可能跟一直用短句子有关系。饶玲玲说，写在书面上的就是书面语，我警告你，别老为语言瞎操心，怎么舒服怎么写。他说，嗯，我准备先这么磨磨蹭蹭写着，不能用也没关系，等天暖和了，我回一趟东北，摸一摸素材。她说，你怎么干我不管，我现在跟你说你这个开头。我看了之后没睡好，不是别的，是挺激动，你知道吧，我这人碰到这样的稿子，总是睡不好，想出一百种方式给你做好。他说，要不你也失眠。她说，傻逼，失眠和睡不好是两码事。你写了一起凶案，说是你十六岁住在工厂，你爸是个钳工，车间主任是个小个子，姓董，宣传口上来的，不太懂生产，贸然用了德国来的机器，出了几起事故，然后在一天晚上，在办公室被一柄匕首插进喉咙，第二天一早被打扫卫生的发现，血已经流干了，对吧？他说，是，你复述得准确。她说，办公室在三楼，窗户在里面锁着，冬天，大雪刚过，即使窗户没锁，也冻死了。办公室门虚掩着，行凶者应该是从门进来的，然后再从门出去。这个车间有两个大门，正门冲南，后门冲北，北门连着一块空地，是生产线上的拖拉机下去之后，直接开动测试用的。下班之后就锁上。一般情况下，下班之后有一伙人在换衣服的工具箱旁边打扑克，所以正门先不锁，到八点左右，打更的老马把这些人清走，然后把正门在里头锁上。董主任那天下班之后走了，据老马回忆，十点左右又回来了，好像喝了点酒，说要写点材料，老马开门让他进来，他上了三楼办公室，你们家当时住在车间的二层，动迁之后没地儿住，你爸就央求董主任让你们家住在二楼的杂物间。因为你爸喜欢下棋，董主任也喜欢下棋，而且想跟你爸学棋，就答应了。那天你爸妈去锦州参加婚礼，只有你自己在，你以第一人称儿童视角写道：我看见了老董走进办公室的背影，穿着灰色的工作服，拎着一只暖瓶。刘泳说，你歇口气，你说的都对，你要干吗？她说，你等我说完。老马的口供很详尽，他是个老更夫，在这个车间打了五年更，每一个角落都熟悉。他确认，八点之后除了你之外，没人在车间里，之后也没人进来过，因为大门从里面用钢筋闩住，不可能钻进来，四面的高窗除了高达两米之外，也都从里面锁好，玻璃第二天完好无缺。所以除了你，没人能够杀人，我这个逻辑对吧？他说，慢一点说，这是我的小说，你这么激动干吗？搞得像在开庭。她说，你这个故事里面有多少东西是真实的？他说，你这是外行话，永远不要问作家这样的问题。她点点头，拿起威士忌放在书稿上，说，行，我是外行，这个事儿先按下不表，说另一份稿子。其实在饶玲玲说话的时候，刘泳已经瞥见了另一份稿件，上面的字体比他的大，分段也比他多，且没有题目，也没有题记，上来就是一个自然段。她说，这份稿子是我昨天在邮箱里发现的，然后打印出来。是十几天前一个莫名的邮箱发给我的，被系统当成垃圾邮件处理了，碰巧我昨天整理垃圾箱，扫了两眼，把她恢复了。这个小说没写完，看格局像是个中篇，目前写了七八千字，还没写出所以然，想到哪写到哪，文字很朴素，语病不少，但是才华尽显，你知道吧，就是一看就不想放下那种，这是文章的人格魅力，你明白吧？他说，明白，但是你跟我说不上这个，我不是编辑，专业不对口。她说，你别急。说着她把书稿推到刘泳面前，拿起压在书稿上的威士忌抿了一口，说，前面七八千字，写了一个罪案，跟你写的一模一样，不是叙述一样，是故事的核心是一样的，对那个车间的格局描写也一模一样。你看这段，你写道：车间的后门是红的，却有一个白色的叉在中间，不知何意。她这里也有对这个后门的描写，她写的是：车间后面是一个红门，上面一个白叉，是我趁人不在，用喷漆枪喷上去的，因为我课本上都是这玩意。我没有比较你们的文学造诣，你是老江湖，此人是个生瓜蛋子，她这七八千字，一边写这个匕首案，一边写了很多闲篇，上学的事儿，好像上的厂办的技校，让人着急。但是她好像对于同一件事情有不同的理解哈。刘泳看着书稿，一动不动。饶玲玲感到这个除夕夜有了点意思，继续说，我不是说你抄袭，作为出版人，我的直觉告诉我，你们两个互相没有看过对方书稿。你往后看，她还提到了你。

在文章的末尾，当然不是结尾处写道：据查当时车间里有一个十六岁男孩，是唯一可能的目击证人，他却声称什么也没有看见，也没有听见。当然他也可能是唯一的凶手，只是匕首和门把手上都有完整的指纹，不是他的，也不是老马的，也不是能够值得比对的任何人的。于是少年自此排除了嫌疑，使此案成为货真价实的无头案。

刘泳又把文稿从头到尾看了一遍，然后放在桌子上。他说，她当时不可能在车间里。饶玲玲说，她没这么说，虽然用的是第一人称，但是看出来是想象，比如她说罪案发生前，有一只野猫走上了三楼老董办公室的前面，想要点吃的，这是一只经常在车间里徘徊的野猫，谁有吃的就给点。这是想象，只不过细节很逼真。刘泳说，这不是想象，那只猫是我养的，叫武松，那天它确实上过三楼，我看见了。

饶玲玲坐直了，看着刘泳。刘泳说，写这东西的是谁？干什么的？男的女的？多大？饶玲玲说，你冷静一下。刘泳说，我没有不冷静，这是很简单的问题，请你回答一下。饶玲玲说，这东西没头没尾，作者署名叫米粒，没有留地址，只有一个电话。刘泳说，请你现在给她打一个电话吧。饶玲玲说，现在是大年三十儿，这人可能五十岁，在美国刷碗，也可能十八岁，现在正在跟父母一起在黑龙江某个县城守夜，你想干吗？刘泳说，不可能五十，也不可能十八，应该跟我差不多大，你打个电话。饶玲玲说，你有病，我没有，我要回去睡觉了，要打你自己打。刘泳一把抓住饶玲玲的手腕，说，今儿我们俩在一起喝酒，就是世上最亲的人，我求你帮我这个忙。饶玲玲说，你别唬我。刘泳说，我的小说里有虚构的部分，就是我当时是待在车间里，但是并非住在里头，我只是去玩。那天十点，我和老董一起回来的，他上楼去写材料，我在车间的另一头拿螺丝摆长龙。因为，这个老董，姓刘，是我的父亲。他死时我十六岁，后来我妈改嫁，嫁到深圳。要不然我不会在这里过年，你说对不对？

电话那头响了好一阵，饶玲玲几乎在听筒里听见自己的心跳。刘泳坐在对面盯着她，她第一次感到这个东北男人并非一个文弱的书生，他的眼睛微微眯着，手放在桌子上，微丝不动，那上面的关节，那连接肉的骨头，好像随着会拧成一把什么铁器。

一个女孩儿的声音。

女孩：喂？

饶玲玲：请问，是米粒吗？

女孩：哪个米粒？

饶玲玲：大米的米，颗粒的粒？

女孩：大颗粒？

饶玲玲：米粒。

女孩：啊对，米粒，我是米粒，不好意思，我喝多了，睡前还吃了安眠药。

饶玲玲：我是饶玲玲，做出版的那个饶玲玲，我收到了你的书稿。

女孩：看了？

饶玲玲：看了，写的有意思，你是做什么的？

女孩：我没写完，不知道往下咋写了，你说往下咋写？

饶玲玲：这你不能偷懒，你得自己想。

女孩：你在北京吗？

饶玲玲：在。

女孩：你看到有一个特别大的烟花没？就在刚才，就在我窗户前面。

饶玲玲说：没看见。

女孩：特别大，像一个大蜘蛛。

饶玲玲：你怎么没回家过年？

女孩：跟你有关系吗？你怎么也没回家？你不是挺牛逼的出版人吗？不应该拿着一堆成功的样书回家？

饶玲玲：我提醒你一下，你得尊重我一点，你家人没教你怎么跟人讲话？

女孩：为什么要尊重你？我就是闲得无聊给你发了篇自己写的破玩意，我指着你能吃饱？我当个傻逼作家？把青春都烂在椅子上，然后到处舔出版人，评论家的屁股，还他妈的穷得叮当响？你家人没教你除夕夜打电话把人叫醒应该抽你大嘴巴？

饶玲玲打开免提，把手机放在桌子上。

饶玲玲：这样，我旁边还有一个人，就是你说的那种傻逼作家，他想跟你说两句。

刘泳：你好，我叫刘泳，写小说的，出版人和批评家屁股什么味道，我不知道，我想知道一件事情，你写的那个故事，是听来的，还是你看见的？我恰巧也写了这么一个故事，为了证明一下，我告诉你，那个死去的车间主任，姓刘，那只猫，你没有描写，我知道，是黑白相间的花纹，尾巴尖也是白的，公猫。

女孩：你是谁？

刘泳：我说了，我叫刘泳。

女孩：哪个刘，哪个泳？

刘泳：原名是姓刘的刘，勇敢的勇，笔名改了一字，改成游泳的泳。

女孩：哦，本来挺勇敢，现在要随波逐流？

刘泳：游泳也可能逆流而上，你住哪？

女孩：你多大？

刘泳：我1981年生人，今年31。

女孩：你是老刘的儿子吧？

刘泳：有可能。这样，这么闲聊总是差点意思，我相信你知道我不是骗子，我也相信你肯定跟我有点交集。我住在朝阳区阳光上东22号楼2单元5楼3号。你要是方便，你过来一趟，我和老饶都不是北京人，都没回家，在这儿搭伙过年，你要是愿意，请你过来，有酒，一起守夜。

沉默。

女孩：我没兴趣，你们俩自己玩吧。

忙音。

饶玲玲说，困了，我得走了。刘泳说，留下帮我做个见证。饶玲玲说，说实话，我很欣赏你，我们也是挺好的搭档，但是我们真没有那么熟。刘泳说，所以你是见证人的最好人选。刘泳站起来走进卧室，出来拿着一块带血的布。刘泳说，这是我爸当时穿的工作服的衣领子，烧之前，我偷偷把衣领子剪下来，这么多年一直带在身上。后来我一直跟我爷爷奶奶住，我爷在我高考那年死了，夏天，搬了个大西瓜回家，心脏病突发死在院子里，西瓜倒没有摔碎，滚到墙角。我当时住校，这是我奶后来告诉我的。过了五年，我奶死了，死在炕上，她那时已经糊涂了，我在旁边，她把我当作我爸，问我什么时候回来的，这么长时间去哪了。也不赖她，我和我爸长得确实像。这些事情我没跟人说过，你说我们俩不熟，我们现在也许熟了一点，如果你也这么觉得，我请求你留下来，帮我把这件事情弄明白。饶玲玲想了想说，我陪你等到天亮，也别天亮，万一阴天下雪天不亮不好说，我陪你等到早晨七点，如果这女孩儿没来，我也没有办法，我不是你老婆，不能一辈子在你屋子里待着。刘泳说，好，你想再喝点吗？饶玲玲说，不喝了，你给我找件外套，冷。刘泳把自己的薄羽绒服给饶玲玲披上，拍了拍她的肩膀。然后从电视柜的抽屉里，找出一副新的一次性拖鞋和一副跳棋。刘泳把拖鞋放在门口，坐回来说，没事儿干，玩会儿跳棋吧，有时候我自己跟自己玩，你要红的要绿的？

刘泳的这间公寓位于朝阳区的南面，地势略高，房间面积大概九十几平，两室一厅，他已租了两年。家具都是自己买的，北欧风格，简单，硬朗，且无一不是米黄色，件数也不多，茶几、电视柜，餐桌，四把椅子。客厅里只有电视是黑色的，不过连电源线都没有连。卧室在南，书房在北。书房四个立式书柜，一个长方形书桌，从这头到那头，顶到了窗户底下，地下也满是书，有的书里夹着纸条。靠着北墙，放着一个小黑板，上面写一点也许跟小说有关的提示性的东西，此时小黑板上写着：匕首／少年L／开枪的是人，提供子弹的却是上帝。

楼道悄无声息。刘泳下起棋来全神贯注。有时候会用手摸一下下巴，大部分时候双手支在桌子上，头垂直于棋盘，呼吸均匀。大概是凌晨两点半左右，楼道里的电梯门开了，随后是脚步声。脚步停在门前，等了几秒，手在敲门。刘泳说，你别动，一会儿下完。此时他的绿色棋子，已经有半数进入到饶玲玲的本营，而饶玲玲的黄色棋子，昏昏欲睡，如一条长蛇，都在路上。

女孩穿了一件黑色帽衫，挺瘦，但是也挺结实。

"撂下电话我就睡着了，睡醒了想起有这么一个事儿。"女孩说。

"把鞋搁这儿，这拖鞋是你的。"刘泳说。

"你家挺热，你是饶玲玲？"

饶玲玲有点不知该说啥，从没遇见这样的人。她挺想生气，给她一个白脸子，但是发现自己的气已经消了。不管怎么说，小说写得不错。

饶玲玲点头说，坐吧，喝什么？

女孩从怀里拿出一瓶白瓶牛二，五十二度，你们喝得惯这个吗？

她没化妆，黑色短发，脸很小，白白的。尖下颌，冷丁一看以为是高中生，仔细一看眼睛，也许超过三十岁，或许比刘泳还要大一点。那是一双常年没有休息好的眼睛。

三人落座，刘泳刷了三个玻璃杯，女孩（姑且还是称为女孩吧）和饶玲玲坐对面，他坐中间。玩跳棋呢？女孩说。她的面前摆着刘泳的棋子。刘泳说，打发时间，等你。女孩说，你咋知道我一定会来？刘泳说，感觉吧，你打车的钱，我可以给你。女孩说，给你省了。我离你不远，走过来的。刘泳说，你住附近？女孩说，不是附近，是一个小区，我住你旁边那栋，和另一个女孩合租，刚搬进来。你能不能干了？养鱼？两人干了一杯牛二。刘泳说，冒昧地问一句，你是干什么的，小说写得很好，过去写吗？女孩说，我那也叫小说？就是闲着没事儿胡编乱造，当时叫了外卖，正吃大米饭，就署了名叫米粒。我啊，常年混在剧组，什么都干，剧务，美工，副导演，编剧，最近还当了几次演员。刘泳说，什么电影，我们看过吗？女孩说，肯定没看过，都是小制作，特矫情那种。我问你，你家有饺子吗？我来不为别的，过年想吃顿饺子，你有吗？刘泳说，速冻的行吗？女孩说，生的我都能吃一盖帘儿，就想这口了。饶玲玲说，我去煮吧，你们聊。刘泳说，冰箱左门那个门，第二层，厨房的灯在那。女孩说，你俩两口子？饶玲玲扭头说，两口子他告我灯在哪？女孩张口喝了半杯酒，一笑，露出一排小白牙说，是我傻逼了，但是你们文学圈谁知道谁跟谁怎么回事儿。

刘泳不抽烟，但是家里有烟，也有烟灰缸。他戒烟五年，一根没抽过。女孩抽中南海，刘泳看着她抽了半根烟，说，听你口音，是东北人没错，我也不绕弯子，小说好，我表扬完了，我想问一问，这个事儿你怎么知道的？女孩说，我说完还能吃上饺子吗？等吃完再说。刘泳说，好，那咱们就等饺子。做电影有意思吗？女孩说，别没话找话了，咱们把跳棋下完吧。两人便下，女孩用饶玲玲的残棋，她也不往前走，就是处处堵刘泳的路，刘泳有时候偷偷瞥她一眼，她面带笑意，在这种消极的战法里得到极大的快乐。她的脖子很长，带着一个银制的十字架，嘴唇有点干，时不时用舌尖舔嘴唇，黑眼圈如同刺青渗入肌肤。饺子好时，刘泳还剩一个棋子没有走进女孩的阵营，女孩的那枚棋子也死活不出来。开始吃饺子，女孩说，没有腊八醋？刘泳说，确实没有，遗憾，外酸里甜。女孩说，醋是绿的。于是继续吃，女孩吃了几个说，没有喜钱。算了，你这是速冻的。饶玲玲说，什么是喜钱？刘泳说，就是饺子包一个洗干净的钢镚，谁吃着谁新的一年走运。当年我们家年年都是我爸吃着。吃完了饺子，女孩和刘泳一人喝了一碗饺子汤。三人继续喝酒。

女孩说，吃得很好，你想把饺子抠出来也费劲了。刘泳说，肚子里的全是你的。女孩说，好，这故事我是听来的。刘泳说，听谁说的？女孩说，我姐。刘泳说，你这岁数，城市里不可能有俩孩子。女孩说，我是超生，所以我爸妈都没了工作，去你爸的厂子当临时工，刘主任是你爸吧？刘泳说，是。你继续说。饶玲玲说，我可以用手机录一下吗？女孩说，随便你。你可以选择录，我也可以选择怎么说。刘泳说，行，不录。饶玲玲把手机揣起来。女孩说，我家住南教堂那儿，你知道南教堂吧。刘泳说，知道，俄国人修的。女孩说，我爸是天主教徒，我爷也是，那教堂是老毛子修的，我们家跟着老毛子信的。所以我妈怀了我就给生出来了。我姐当时十八岁，没考上大学，在你爸车间当喷漆工，啊，对，那个后门的白叉，就是她喷的，其实是个十字架，喷歪了，我在小说里写的是胡编的。当时我姐和你爸，老刘，正在谈恋爱。爱得死去活来。饶玲玲看着刘泳说，我看这孩子没一句真话。刘泳抬起头说，少说多听。说完他对女孩说，我当时有感觉，我妈也应该有感觉。你姐叫什么？女孩说，忘了，你还想听吗？刘泳说，想，说吧。女孩说，我姐后来跟我说，活了这么长时间，遇见你爸之后才觉得活着有意思。我爸妈以前给她讲的那些道理，遇见你爸之后才觉得是真的。上帝就是爱啊。女孩喝了一口酒说，你爸虽然个子不高，但是心是善的。那套德国机器，在其他很多车间没有开箱，只有你爸强令开箱使用？为啥？因为那时候工厂已经要完了，其他车间主任，都在打自己的算盘，先让工厂倒了，然后把新机器弄到自己的小作坊里，工人裁掉三分之二，我姐说，这么干国家是支持的，叫小舢板突围。刘泳说，嗯，有这个说法。女孩说，你爸是想救工厂，不想看着工人都回家，他那时候经常跟我姐说，工厂完了，不但是工人完了，让他们干什么去，最主要的是，北方没有了，你明白吧，北方瓦解了。你爸是宣传口出来的，还他妈文绉绉的。刘泳说，他写一手好字，你还是叫他老刘吧，我能稍微舒服点。女孩说，行，那就彻底第三人称。老刘答应我姐，做最后一搏，如果这套机器上了，还是不行，等他妥善处理完遣散工人的问题，就和我姐私奔，什么也不要了。饶玲玲没忍住，私奔？女孩说，是私奔，跑到更南的地方去。推着三轮车卖早点也行，一起背着货跑单帮也行，反正不能分开。那机器呢，谁也玩不转，主要是工程师心早散了，都在想自己的后路。几人出了事故，有一个年轻工人，刚来不久，很想表现，结果被咬掉一只手。刘泳说，老刘出事儿跟他有关系吗？

女孩站起来，在身后握住双手，把身体抻了抻。刘泳说，有关系吗？女孩说，坐太久了，你们作家怎么能一天坐那么久？刘泳说，那你动动。女孩说，嗯，我不想说了。刘泳说，什么意思？女孩说，没意思。你给我弄口水，喝完我走。刘泳说，哪儿不对了？女孩说，你是个写小说的，你说写到这时候怎么写？刘泳想了想说，卖了个关子？女孩说，你摆地摊卖吧，我鞋呢？刘泳说，也许应该写写这个姑娘？女孩把手移到身前，活动着手腕，说，继续说。刘泳说，如果是福楼拜的时代，也许应该从姑娘的头发和吃穿用度开始写。女孩说，不用扯那么远，头发可以。刘泳点点头说，黑发，大黑辫子。女孩说，颜色对，弄那么长辫子给机器绞脑袋？刘泳说，是了，黑短发，刘海过眉。女孩说，可以。刘泳看了看女孩说，身材不高，但是很挺拔，皮肤很干净。女孩说，可以。刘泳说，话不多，但是有脾气，有意思，说出的话招人听，遇见不对路的人一句话也不说。女孩说，喜欢看书吗？刘泳说，确实，老跑厂里的图书馆。女孩说，行，说说他和老刘怎么认识的？刘泳说，朋友，我毕竟是老刘的儿子，让我揣测这个伦理上有点问题。女孩说，你是作家还是儿子？刘泳说，都是。女孩说，首先是啥？刘泳说，好吧，我随便猜，女孩爱看书这点让她与其他女工不同，老刘注意到了。女孩说，太概然，新年联欢会女孩演了个节目。刘泳说，对，朗诵？女孩说，诗朗诵。刘泳说，《沁园春·雪》？女孩说，屁。戴望舒。刘泳想了一下，说，应该。女孩说，继续说，怎么私奔？刘泳说，老刘带上家里的钱，女孩带上一点首饰。女孩说，再带上一箱子吃的？你以为是羊脂球？老刘只带两百块人民币，剩下的留给老婆孩子，女孩带几件衣服和几本书。两人要去哪？刘泳咬着牙说，实在猜不出来。女孩说，你身上流着老刘的血。北京。

女孩摆了摆手示意他不用据此回答，然后坐下说，挺无聊的哈。饶玲玲此时已经趴在桌子上睡着了，脸靠着盘子，嘴微张着，披着刘泳的羽绒服，因为个子高，身体如虾一样折着，好像鼻子不通气，一直用嘴吸气。刘泳看着她，意识到刚才她说困了是真困了，另外一层是，这件事情只是他自己的事情，或者说一个人身上发生的事情都是自己的事情。女孩说，跟那些受伤的工人没关系。是你们厂长。刘泳说，我都忘了厂长姓什么了。女孩说，有人记得。当时老刘老是半夜来写材料，其实有一个目的是跟我姐幽会，我姐有一副老刘办公室的钥匙，下班之后她就自己进办公室，藏在柜子里，等老刘去而复返。刘泳说，嗯，他得接我放学，还回家陪我妈和我吃饭。女孩说，另一个目的是确实在写材料，他写五份，举报你们厂长副厂长四人，侵吞国家财产，挪用工人养老保险在农村买地给自己盖房子，等等等等吧，准备寄到五个部门。说实话，这些事情，都是我最近才知道的。刘泳说，哦，最近才知道。女孩说，不知道厂长从哪听说了此事，便要弄死老刘，他自己不可能动手，就雇了一个人，他们当时详细地研究了车间的图纸，发现就在老刘的办公室的顶棚，有一个废弃的排风扇，通到外面房顶。几乎没人知道，多年不用，是当年按照苏联图纸建造的，后来觉得，东北风大，不用非得这么排风，就多年不转了。此人就是用一条绳子，顺着这个排风口下来的，然后又顺着绳子爬上去。我姐已养成了习惯，她没敢开灯，因为开灯就会有人上来找老刘说话，老刘并不在，会露。她都是摸黑藏进柜子里，然后打开手电筒看书，累了就睡一会儿。那天老刘回得很晚，也许是打开柜门，发现她睡得很香，就没叫她，先坐在办公桌前写材料。杀人者悄无声息从他头顶降下，一刀就把他刺死了，然后拿着材料又顺着绳子爬上去，我姐醒时，看见人已经爬回顶棚了。

天更黑了，彻底安静。很难知道北京城到底有多少守夜的人，大部分窗子都瞎了，偶有几只灯笼亮着，好像哭红的眼睛。女孩说，我姐后来很少睡觉，老刘在她睡觉时死了，她可能对睡觉有恐惧吧。刘泳说，故事讲完了吗？女孩说，我很累了，但是还有一点。从那天起我再没见过我姐，这些事情都是她写信给我我知道的。第二天早晨，她从办公室的门走出去，就开始追踪这个杀人者，十几年了吧，终于在一个月前，把此人杀死在一个村庄的河边。她跟我说，她把他的双手割下扔在河里头了。

刘泳拿起酒来喝了一口。酒真凉啊，到了肚子里四方流散，无孔不入，刘泳连脚趾都觉得暖了。

刘泳说，你姐叫什么？女孩说，你不用知道。她说她累了，先歇一歇。刘泳说，嗯。女孩说，不过她歇完了还会上路吧，一个一个来，是吧，要一视同仁。刘泳说，你这个故事不错。女孩说，一般吧。刘泳说，如果老刘活着，也会觉得是个好故事。女孩说，不一定，也许他会觉得她永远躲在柜子里最好。女孩站起来说，我走了。我住很远，到家天要亮了。刘泳说，好，不送你了。女孩说，好，你坐好。刘泳点头说，不是一个小区？女孩说，不是。女孩推门走了出去，头也没有回。

饶玲玲动了动，没有醒。虽然姿势有点难受，但是她还能坚持。

刘泳走到窗前，看着女孩走出门洞，又走出大门。世界漆黑一片，如同海底，只有两个小姑娘在大门口放烟花，海马一样，似乎是背着大人偷跑出来的一对姐妹。女孩对其中一个小姑娘说了什么，那姑娘把两支燃着的烟火递到她手里，她一手一个，展开双臂将其摇晃。火焰四处喷射，夜海浮动，不知要将她带往何处。

大乔小乔

张悦然

一

上瑜伽课前，许妍接到乔琳的电话。听说她到北京来了，许妍有些惊讶，就约她晚上碰面。电话那边沉默了片刻，乔琳用哀求的声音说，你现在在哪里，我能过去找你吗？

她们两年没见面了。上次是姥姥去世的时候，许妍回了一趟泰安，带走了一些小时候的东西。走的时候乔琳问，你是不是不打算再回来了？许妍说，你可以到北京来看我。乔琳问，我难过的时候能给你打电话吗？当然，许妍说。乔琳总是在晚上打来电话，有时候哭很久。但她最近五个月没有打过电话。

外面的天完全黑了，她们坐进车里。照明灯的光打在乔琳的侧脸上，颧骨和嘴角有两块淤青。许妍问她想吃什么。她转过头来，冲着许妍露出微笑，辣一点的就行，我嘴里没味儿。她坐直身体，把安全带从肚子上拉起来，说能不系吗，勒得难受。系着吧，许妍说，我刚会开，车还是借的。乔琳向前探了探身子，说开快一点

123

吧，带我兜兜风。

那段路很堵。车子好容易才挪了几百米，停在一个路口。许妍转过头去问，爸妈什么时候走？乔琳说，明天一早。许妍问，你跟他们怎么说的？乔琳说，我说去找高中同学，他们才顾不上呢。许妍说，要是他们问起我，就说我出差了。乔琳点点头，知道，我知道。

车子开入商场的地下车库。许妍拉下手刹，告诉乔琳到了。乔琳靠在椅背上，说我都不想动弹了，这个座位还能加热，真舒服啊。她闭着眼睛，好像要睡着了。许妍摇了摇她。她抓起许妍的手，放在自己的肚子上，低声说，孩子，这是你的姨妈乔妍，来，认识一下。

在黑暗中，她的脸上露出微笑。许妍好像真的感觉到什么东西动了一下。像朵浪花，轻轻地撞在她的手心上。她把手抽了回来，对乔琳说，走吧。

许妍捂着肚子蹲在地上。明晃晃的太阳，那些人的腿在摆动，一个个翻越了横杆。跳啊，快跳啊，有人冲着她喊。她用尽全身力气站起来，横杆在眼前，越来越近，有人一把拉住了她……她觉得自己是在车里，乔琳的声音掠过头顶，师傅，开快点。她感到安心，闭上了眼睛。

许妍已经忘记自己曾经姓乔了。其实这个名字一直用了十五年。

办身份证的时候，她改成了姥姥的姓。姥姥说，也许我明年就死了，你还得回去找你爸妈，要是那样，你再改成姓乔吧。从她记事开始，姥姥就总说自己要死了，可她又活了很多年，直到许妍在北京上完大学。

许妍一出生，所有人听到她的啼哭声，都吓坏了。应该是静悄悄的才对，也不用洗，装进小坛子，埋在郊外的山上。地方她爸爸已经选好了，和祖坟隔着一段距离，因为死婴有怨气，会影响风水。

怀孕七个月，他们给她妈妈做了引产。据说是注射一种有毒的药水，穿过羊水打进胎儿的脑袋。可是医生也许打偏了，或者打少了，她生下来是活的，而且哭得特别响。整个医院的孩子加起来，也没有她一个人声大。姥姥说，自己是循着哭声找到她的。手术室没有人，她被搁在操作台上。也许他们对毒药水还抱有幻想，觉得晚一点会起作用，就省得往囟门上再打一针。

姥姥给了护士一些钱，用一张毯子把她裹走了。那是个晴朗的初夏夜晚，天上都是星星。姥姥一路小跑，冲进另一家医院，看着医生把她放进了暖箱。别哭了，你睡一会儿，我也睡一会儿，行吗，姥姥说。她在监护室门外的椅子上，度过了许妍出生后的第一个夜晚。

许妍点了鸳鸯锅，把辣的一面转到乔琳面前。乔琳只吃了一点蘑菇，她的下巴肿得更厉害了，嘴角的淤青变紫了。

怎么就打起来了呢，许妍问。乔琳说，爸在计生办的办公楼里大吼大叫，保安赶他走，就扭在一块了，不知道谁推了我一把，撞到了门上。许妍叹了口气，你们跑到北京来到底有什么用呢？乔琳说，我只是想来看看你。许妍问，那他们呢，你为什么就不劝一下？乔琳说，来北京一趟，他俩情绪能好点，在家里成天打，爸上回差点把房子点了。而且有个汪律师，对咱们的案子感兴趣，还说帮着联系"法律聚焦"栏目组，看看能不能做个采访。许妍说，采访做得还少吗，有什么用？乔琳说，那个节目影响大，好几个像咱们家这样的案子，后来都解决了。许妍问，你也接受采访吗，挺着个大肚子，不觉得丢人吗？乔琳垂着眼睛，抓起浸在血水里的羊肉扑通扑通扔进锅里。

过了一会儿，乔琳小声问，你在电视台，能找到什么熟人帮着说句话吗？许妍说，我连我们频道的人都认不全，台里最近在裁员，没准明天我就失业了。她看着乔琳，是爸妈让你来的吧？乔琳摇了摇头，我真的只想来看看你。

许妍没说话。越过乔琳的肩膀，她又看到了过去很多年追赶着她的那个噩梦。上访，讨说法。爸爸那双昆虫标本般风干的眼睛，还有妈妈磨得越来越尖的嗓子。当然，许妍没资格嫌弃他们，因为她才是他们的噩梦。

她爸爸乔建斌本来是个中学老师，因为超生被单位开除了。他觉得很冤，老婆王亚珍是上环后意外怀孕，有风湿性心脏病，好几家医院都不敢动手术，推来推去推到七个月，才被中心医院接收。他们去找计生委，希望能恢复乔建斌的工作。计生委说，只要孩子活下来，超生的事实就成立。孩子是活了，可那不是他们让她活的啊。夫妻俩开始上访，找了各种人，送了不少礼，到头来连点抚恤金也没要到。

乔建斌的精神状况越来越糟，喝了酒就砸东西，还总是伤到自己，必须得有人看着才行。虽然他嚷着回去上班，可是谁都看得出来，他已经是个废人了。王亚珍的父母都是老中医，自己也懂一点医术，就找了个铺面开了间诊所。那是个低矮的二层楼，她在楼下看病，全家人住在楼上，这样她能随时看着乔建斌。乔琳是在那幢房子里长大的。许妍则一直跟着姥姥住。在她心里，乔琳和爸妈是一个完整的家庭，而她是多余的。乔建斌看见她，眼睛里就会有种悲凉的东西。她是他用工作换来的，不仅仅是工作，她毁了他的一切。王亚珍的脸色也不好看，总是有很多怨气，她除了养家，还要忍受奶奶的刁难。奶奶觉得要不是她有心脏病，没法顺利流产，也不会变成这样。每次她来，都会跟王亚珍吵起来。她走了以后，王亚珍又和乔建斌吵。这个家所有人都在互相怨恨。没有人怨乔琳。她是合情合理的存在，而且总在化解其他人之间的恩怨。那些年她做的最多的事，就是劝架和安抚。她在爸妈面前夸许妍聪明懂事，又在许妍这里说爸妈多么惦记她。她一直希望许妍能搬回来住。可是上初中那年，许妍和乔建斌大吵了一架，从此再也没有踏进过家门。

许妍骑着她那辆凤凰牌自行车经过诊所门前的石板路。乔琳从二楼的窗户探出头来，朝她招手。快点蹬，要迟到了，乔琳笑着说。许妍读初中，她读高中，高中离家比较近，所以她总是等看到了许妍才出发。有时候，她会在门口等她，塞给她一个洗干净的苹果。

许妍的手机响了。是沈皓明，他正和几个朋友吃饭，让她一会儿赶过去。许妍挂了电话。面前的火锅沸腾了，羊肉在红汤里翻滚，油星溅在乔琳的手背上。但她毫无知觉，专心地摆弄着碟子里的蘑菇，把它们从一边运到另一边，一片一片挨着摆好。她耐心地调整着位置，让它们不要压到彼此。然后她放下筷子，又露出那种空空的微笑，说刚才是你男朋友吗？许妍嗯了一声。乔琳说，你还没跟我说过呢。你什么都不跟我说，从小就这样。他是干什么的？许妍说，公司上班的白领。乔琳又问，对你好吗？许妍说，还行吧，你到底还吃不吃？乔琳说，有个人让你惦记着，那种感觉很好吧？

餐厅外面是个热闹的商场。卖冰淇淋的柜台前围着几个高中女生。许妍问，想吃吗？乔琳摸了摸肚子，好像在询问意见。她趴在冰柜前，逐个看着那些冰淇淋桶。覆盆子是种水果吗，她问，你说我要覆盆子的好，还是坚果的好呢？那就都要，许妍说。我不要纸杯，我想要蛋筒，乔琳笑着告诉柜台里的女孩。

那是九月的一个早晨，许妍升入高中的第一天。乔琳撑着伞，站在校门口。见到她就笑着走上来，你怎么不把雨衣的帽子戴上，头发都湿了。她伸出手，撩了一下许妍前额的头发说，真好，咱们在一个学校了，以后每天都能见到。放学以后别走，我带你去吃冰淇淋，香芋味的。

　　路过童装店，乔琳的脚步慢下来。许妍顺着她的目光望过去，亮晶晶的橱窗里，悬挂着一件白色连衣裙。发光的塔夫绸，胸前有很多刺绣的蓝粉色小花，镶嵌着珍珠，裙摆捏着细小的荷叶边。乔琳把脸贴在玻璃上，说小姑娘的衣服真好看啊。许妍问，你希望是男孩还是女孩？男孩吧，乔琳说，如果是男孩，说不定林涛家里能改变主意。许妍问，他后来又跟你联系过吗？乔琳摇了摇头。

　　汽车驶出地下车库。商业街灯火通明，橱窗里挂着红色圣诞袜和花花绿绿的礼物盒。街边的树上缠了很多冰蓝色的串灯。广告灯箱里的男明星在微笑，露出白晃晃的牙齿。乔琳指着他问，你觉得他长得像于一鸣吗？许妍问，你这次来联系他了吗？乔琳说，我没有他的手机号码了。许妍沉默了一会儿，说快到了，我给你订了个酒店，离我家不远。乔琳点点头，双手抓着肚子上的安全带。

　　于一鸣走过来，坐在了她和乔琳的对面。他 T 恤外面的衬衫敞着，兜进来很多雨的气味。空气湿漉漉的，外面的天快黑了。于一鸣抹了一把脸上的水，冲她们笑了。他的下巴上有个好看的小窝。

　　到了酒店门口，乔琳忽然不肯下车。她小心翼翼地蜷缩起身体，好像生怕会把车里的东西弄脏。许妍问，到底怎么了？乔琳用很小的声音说，别让我一个人睡旅馆好吗，我想跟你一起睡……她抬起发红的眼睛，说求你了，好吗？

车子开回到大路上。乔琳仍旧蜷缩着身体，不时转过头来看看许妍。她小声问，旅馆的房间还能退吗，他们会罚钱吗？许妍说，我只是觉得住旅馆挺舒服的，早上还有早餐。乔琳说，我知道，我知道，对不起。

车窗起雾了，乔琳用手抹了几下，望着外面的霓虹灯，用很小的声音念出广告牌上的字。直到车子开上高架桥，周围黑了下去。她靠在座椅上，拍了拍肚子，说小家伙，以后你到北京来找姨妈好不好？许妍没有说话，她望着前方，挡风玻璃上也起雾了，被近光灯照亮的一小段路，苍白而昏暗。

乔琳盯着于一鸣，说你的发型真难看。于一鸣说，我知道你剪得好，可我回去两个月不能不剪头啊。乔琳揽了一下许妍说，来，认识一下，这是我妹妹，亲妹妹。于一鸣对乔琳说，走吧，该回去上晚自习了。乔琳说，你先去，我跟我妹妹坐一会儿，好久没见她了。于一鸣说，咱俩也好久没见了，说好去济南找我也没有去。乔琳笑了，明年暑假吧，我跟我妹妹一起去。于一鸣走了。许妍说，别跟人说我是你妹妹行吗，非得让所有人都知道家里超生的事吗？乔琳垂下眼睛，说知道了。许妍问，你们在谈恋爱？乔琳说没有。许妍说，别骗我了。乔琳说，真的，他来泰安借读，高考完了就走了。许妍说，你也可以走啊。

乔琳笑了一下，没说话。

二

许妍找到一个空车位，停下了车。刚下来，一辆车横在她们面前，车上走下一个戴着黑框眼镜的男人。他说，又是你，你又停在我的车位上了。许妍认出他就住在自己对门，好像姓汤。有一次他的快递送到了她家，里面是一盒迷你乐高玩具。她晚上送过去，他开门的时候眼睛很红。她瞄了一眼电视，正在放《甜蜜蜜》。张曼玉坐在黎明的后车座上。

许妍说，我不知道这个车位是你的，上面没挂牌子。她要把车开走，男人摆了摆手，说算了，还是我开走吧。他钻进车里发动引擎。

乔琳笑着说，他一定看我是孕妇吧。现在我到哪里都不用排队，一上公交车就有人让座，等孩子生下来，我都不习惯了。

许妍打开公寓的门。她的确没打算把乔琳带回家。房子很大，装修也非常奢侈，就算对北京缺乏了解，恐怕也猜得出这里的租金一般人很难负担。但是乔琳没有露出惊讶，也没有发表评论。她站在客厅中间，低着头眯起眼睛，好像在适应头顶那盏水晶吊灯发出的亮光。

过了一会儿，她回过神来，问许妍，你主持的节目几点播？许妍说，播完了，没什么可看的。乔琳问，有人在街上认出你，让你给他们签名吗？许妍说，一个做菜的节目，谁记得主持人长什么样啊。她找了一件新浴袍，领乔琳来到浴室。乔琳指着巨大的圆形浴缸问，我能试一下吗？许妍说，孕妇不能泡澡。乔琳说，好吧，真想到水里待一会儿啊。她伸起胳膊脱毛衣，露出半张脸笑着说，能把你的节目拷到光盘里，让我带回去吗？放心，不告诉爸妈，我自己偷偷看。

乔琳的毛衣里是一件深蓝色的秋衣，勒出凸起的肚子。圆得简直不可思议。她变了形的身体，那条被生命撑开的曲线，蕴藏着某种神秘的美感。许妍感觉心被什么东西蜇了一下。

电话响了。沈皓明让她快点过去。听说她要出门，乔琳的眼神中流露出恐惧。许妍向她保证一会儿就回来，然后拿起外套出了门。

许妍睁开眼睛，看到自己躺在病房里。墙是白的，桌子是白的，桌上的缸子也是白的。乔琳坐在床边，用一种忧伤的目光看着她。许妍坐起来，问乔琳，告诉我吧，我到底怎么了？乔琳垂下眼睛，说你子宫里长了个瘤子，要动手术。子宫？许妍把手放在肚子上，这个器官在哪里，她从来没有感觉到它的存在。乔琳说，你才十七岁，不该生这个病，医生说是激素的问题，可能和出生时他们给你打的毒针有关。

……医生站在床前，说手术很顺利，但瘤子可能还会长，以后可以考虑割掉子宫，等生完孩子。但你怀孕比较困难。他没说完全不可能，但是许妍知道他就是那个意思。

医生走了，病房里很安静。许妍望着窗外一棵长歪了的树，岔出去的旁枝被锯掉了。乔琳说，我知道我说什么都没用，可是我以后真的不想生孩子。不知道为什么，想想就觉得可怕。

许妍赶到餐厅的时候，沈皓明已经有点喝多了，正和两个朋友讨论该换什么车。上个月，他开着花重金改装的牧马人去北戴河，半路上轮轴断了，现在虽然修好了，可他表示再也无法信任它了。

他们有个自驾游的车队，每次都是一起出去，十几辆车，浩浩荡荡。许妍跟他们去过一次内蒙，每天晚上大家都喝得烂醉，在草地上留下一堆五颜六色的垃圾。有一天晚上，许妍和沈皓明没有喝醉，坐在山坡上说了一夜的话。他们两个就是这么认识的。许妍跟所有的人都不熟，是另外一个女孩带她去的，那个女孩跟她也不熟，邀请她或许只是因为车上多一个空座位。到了第五天，许妍坐到了沈皓明的那辆车上，他们一直讲话，后来开错路掉了队。两个人用后备箱里仅剩的烟熏火腿和几根蜡烛，在草原上度过了一个难忘的夜晚。

回北京那天，许妍有些低落，沈皓明把她送回家，她看着车子开走，觉得他不会再联系她了。她知道他是那种有钱人家的孩子，周围有很多漂亮女孩，只是因为旅途寂寞，才会和她在一起。也许是玩得太累了，第二天她发烧了。她躺在床上，觉得自己像一根就要烧断的保险丝，快把床单点着了。她感到一种强烈而不切实际的渴望。帮帮我，在黑暗中她对着天花板说。每次她特别难受的时候，就会这么说。

傍晚她收到了沈皓明的短信，问她要不要一起吃晚饭。她摇摇晃晃地从床上爬起来，化了个妆出门了。那不是一个两人晚餐，还有很多沈皓明的朋友。她烧得迷迷糊糊的，依然微笑着坐在沈皓明的旁边。聚会持续到十二点。回去的路上，她的身体一直发抖。沈皓明摸了摸她的额头，怪她怎么不早说，然后掉头开向医院。在急诊室外面的走廊里，他攥着她的手说，你让我心疼。她笑着说，大家都挺高兴的，这是个高兴的晚上，不是吗？

那个夏天，沈皓明时常带她参加派对。那些派对在郊外的大房子里举行，总有穿着短裙的女孩带着她的外籍男友。直到夏天快过完，她才确定自己成为了沈皓明的女朋友。那时她已经学会了自己卷头发，并且添置了好几条短裙。到了九月末，她和几个从前要好的朋友坐在路边的烧烤摊，意识到自己以后也许不会再见他们了。来北京八年，一直在认识新朋友，进入新圈子，那种不断上升、进化的感觉，给她带来一些满足。

你想去莫斯科吗，沈皓明扭过头来看着她，春天的时候咱们开车去莫斯科吧？好啊，许妍说。她想到旷野上的星星，以及那些因为喝醉而感觉自由一点的夜晚。

饭局散了，许妍开车把沈皓明送回他爸妈家。当初租房子的时候，他是准备跟她一起住的。后来觉得上班太远，多数时候就还是住在他爸妈家。那边有好几个保姆伺候，饭菜又可心。他爸妈也不希望他搬出来，好像那样就等于认可了他和许妍的关系。

你表姐安顿好了？沈皓明忽然问，明天我妈让你来家里吃饭，喊她一起吧。许妍说，不用，她自己有安排。沈皓明说，后天律师所没事，我可以陪你带她转转，买买东西。许妍说好。

回到家已经是凌晨一点。乔琳还没睡，正靠在床上看电视。她好像在哭，抹了抹脸，对许妍笑了一下，说你看过这个节目吗，把一个城里的孩子和一个农村的孩子对调，让他俩在对方的家里住几天。结果那个农村孩子把城里的"爸妈"给她买早点的钱都攒下来，想给农村的奶奶买副新拐杖。许妍说，都是假的，节目组安排好的。乔琳说，怎么会呢，那个农村孩子哭得多伤心啊。

许妍换上睡衣，在床边坐下，说你怎么会失眠呢，孕妇不是应该贪睡吗？乔琳说，我每天睁着眼睛到天亮，看什么都是重影的，好像那些东西的魂全跑出来了。许妍问，去医院看过吗？乔琳回答，说是精神压力大，可他们不让吃安定。许妍沉默了一会儿，问你后悔吗，把孩子留下来？乔琳笑着说，怎么会呢，我把衣服都买好了啦，白色的，男女都能用。

半年前乔琳打来电话，说自己怀孕了。男的叫林涛，比乔琳小两岁。和她在同一家商场当售货员。他父母一直告诫他，不能跟乔琳谈恋爱，沾上她爸妈，一辈子都别想安生。得知乔琳怀孕，他吓坏了，休假躲了起来。乔琳厚着脸皮找到他们家，林涛的母亲给了一些钱，让她把孩子打掉。乔琳爸妈说，怎么能打掉，就去林家闹，还跑到商场去找乔琳的领导。乔琳把工作辞了，跟她爸妈说，你们要是再闹，我就死在你们面前。

那段时间，乔琳常常给许妍打电话。她在那边问，为什么我的生活里总是有那么多的纠纷呢？

十月的一个早晨，两个女生在学校门口拦住了她，说你就是乔琳的小跟班吗，最好离那个狐狸精远点，别沾得自己一身骚。许妍不算意外。她已经发现乔琳在学校里非常有名，追她的男生很多，背后说闲话的也很多。

放学后她和乔琳碰面，没有提起这件事。走到大门口，那两个女生又来了。她们低着头，哭丧着脸说，我们说错话了，对不起，你千万别放在心上。乔琳皱着眉头，一言不发。

她们又去了冷饮店。于一鸣很快也来了。乔琳瞪着他，你的眼线挺多啊。于一鸣说，怎么了？乔琳说，别装傻，你让王滨去吓唬李菁菁了？于一鸣说，太嚣张了，不给她们点颜色看看怎么行。乔琳说，你要是真拿王滨当哥们，就别让他干这种事。他身上背着两个处分，再有一回就得开除。于一鸣说，我绝不允许她们这么败坏你。乔琳笑了笑，我才不在乎呢。

许妍对乔琳说，如果我是你，大概会把孩子打掉。乔琳显得很惊恐，说怎么可能，它是个生命啊。许妍说，这个世界上有很多错误的生命，生下来只会受苦。乔琳说，别说了，我绝对不能那么做。

　　许妍很清楚，乔琳不能那么做是因为爸妈。他们最初是反对计划生育，后来变成连堕胎也反对。特别是王亚珍，成为了这方面的斗士。她经常守在医院门口，拦截去做流产的女人，讲各种怨灵的故事，还去吓唬医生和护士，让他们放下手术刀到寺庙里超度。有那么几个女人听了她们的话，没做流产，生下孩子以后拍的满月照片，被王亚珍扩印得很大，拿在手里到处宣传。她还爱讲自己的故事：我的小女儿，当时被他们逼着流掉，又打激素又打毒针，我有心脏病，差点死在手术台上。可孩子不是照样健健康康地活下来了吗？你们现在什么困难都没有，有什么理由不要孩子？她以后一定也会把乔琳当成单亲妈妈的典范。至于乔琳该如何抚养那个孩子，她根本不去想。这几年一直都是乔琳在养家，现在她还没了工作。

　　她们的不幸，最终都会变成爸妈上访的资本。就像许妍子宫里生瘤，也被他们到处宣扬，无非是为了多要一笔赔偿金。许妍心里的愤怒，如同休眠的火山，这时又燃烧起来。所以或许并不完全是为了乔琳，更多的是想反抗爸妈的意志，给他们沉重一击，——她又给乔琳打了电话。乔琳有点受宠若惊，说你从没给我打过电话。许妍说，你最好再考虑一下，留下这个孩子，一生可能都完了。乔琳说，可它是活的啊，在我身体里动，真的很奇妙，那种感觉你不会懂的……许妍冷笑了一声，是啊，那种感觉我不会懂的。以后你的事我也不会再管了。

　　乔琳没有再打来电话。许妍偶尔想起来，会在心里算算月份，想一想孩子还有多久出生。

乔琳坐在操场的看台上，咬着一根棒冰，嘴上都是鲜艳的色素。许妍走过去，说你躲到这儿有用吗？乔琳不说话。许妍问，你是不是特别喜欢看男生为了你打架？既然你不想跟他们谈恋爱，为什么还要对他们好，让他们围着你团团转呢？乔琳说，可能害怕孤独吧，她抬起头，咧开橘色的嘴唇笑了，你是不是很讨厌我这样的女孩？

许妍在床上躺下，伸手关掉了台灯。但黑暗不够黑，窗帘的缝隙间夹着一道颤巍巍的光。她正犹豫是否要去消灭那簇光，乔琳的手穿过阻隔在中间的被子，找到了她的手。她说，你还记得吗，从前姥姥生病我把你领回家，咱俩挤在我那张小床上。许妍说，那是很小的时候，上了初中我就没再去过。

乔琳握紧了她的手，说我知道上回我说错话了，一直想给你打电话，可是真怕你再劝我把孩子打掉……许妍说，承认吧，你现在后悔了。乔琳说，没有，我想通了，不管我给这个孩子什么，给多给少，他都是奔着他自己的命去的。你小时候受了不少苦，现在不是也过得挺好吗？许妍问，你自己呢，你是奔着什么命去的，干吗非要背那么重的担子呢？乔琳在黑暗中笑了一声，我爱逞能，老觉得没我不行，其实我有什么用啊？她捏了捏许妍的手心，上访的事我早都不抱希望了，就是跟林涛呕一口气。当时他说，你家里要真是讨到了说法，再也不闹了，我就娶你。其实怎么可能啊，人家肯

138

定早交了新女朋友。

许妍翻了个身，闭上眼睛。她感受着乔琳滞重的呼吸。如同一艘快要沉没的船。一个显而易见的却一直被她忽略的事实是，她的姐姐过得很糟，而且也许再也不会好了。她能帮她做什么吗？

她能。沈皓明自己就是律师，而且热心，爱帮朋友。他爸爸又有很多政府关系。

她不能。她根本无法开口。从一开始她就隐瞒了家里的事，说爸爸走了，妈妈死了，她是跟着姥姥长大的。这不是撒谎，她对自己说，只是出于自保。谁能接受一对不停闹事，总是被保安驱逐和扭走的父母呢？不过，既然她一直说乔琳是她的表姐——是不是可以让他们帮一帮这个表姐呢？但是也有风险，她爸妈曾在采访里提到过小女儿的名字，还说她现在在北京生活。一旦那些资料被翻出来，她的身份就掩饰不住了。

许妍勉强睡了几个小时，天快亮的时候醒了。她感觉到乔琳在耳边呼吸，嘴巴里的热气涌到她的脸上。她睁开眼睛，乔琳在曦光中望着自己。她一时想不起来从前什么时候，她也是这样望着自己，用那双圆圆的大眼睛，好像明白了什么重要的事要告诉她。但是她并没有开口。

你看我也是重影的吗？许妍问。

乔琳说，不，我看你看得很清楚。

于一鸣站在她的教室门口。他说乔琳三天没来上课了。许妍说，我爸把腿摔断了，她得照顾他。于一鸣说，我知道，快考试了，这样下去不行。你带我去找她。

外面下着雪，马路结冰了。他们推着自行车往前走。风很大，雪乱糟糟地降下来，天空像个马蜂窝。于一鸣的头发又长长了，他的脸很白，下巴上有个好看的小窝。他神情凝重地说，帮我劝劝乔琳，让她好好复习，跟我一块儿考到北京。许妍说，她不想走。于一鸣说，她在这里没有出路。许妍问，北京什么样？于一鸣说，北京的马路特别宽，到处都是商店，还有很多咖啡馆。你好好学习，两年以后也考过去。许妍问，我？于一鸣说，是啊，我们在北京等你。

许妍怔怔地看着他。他口中呼出的白气在空中上升，然后散开了。

三

第二天，许妍录节目到下午五点，然后匆匆忙忙赶去买甜点。那家蛋糕店是从巴黎开过来的，最近上了不少时尚杂志。她每次都为带什么礼物去沈皓明家而伤脑筋。

小巧的纸杯蛋糕陈列在玻璃柜里，上面镶着翻糖做的高跟鞋和花环，像是一件件奢华的珠宝。价格当然也贵得离谱，她最终决定买四个。这时乔琳打来电话，问她什么时候回来。许妍说，冰箱上不是有外卖单吗，你先叫东西吃啊。乔琳说，我不饿，你家门怎么锁，我在屋子里喘不上气，想出去走走。许妍把门锁的密码告诉她。她重复了一遍，说要是我等会儿忘了，能再给你打电话吗？

挂了电话，许妍扫视了一圈玻璃柜，目光落在一个有跳舞小人的纸杯蛋糕上。小人单脚支地，抬起双臂，好像正准备起跳，飞离地面。我要这个，她跟柜台里的女孩说。

许妍听到乔琳在身后喊自己。她追上来，把手里的布袋递给许妍，说裙子我帮你借好了，领子有点大，你别两个别针就行了。许妍说，我真的不想主持了。乔琳说，你要是不主持，我就也不跳舞了。晚会咱俩都不参加了。许妍问，干吗要费那么大力气帮我争取呢？乔琳笑了，大乔小乔要一起出风头才好。当时在学校已经有很多人知道她们是姐妹，并且叫她们大乔小乔。

保姆开了门，要帮许妍拿东西。许妍捧着蛋糕盒说，我自己拿到客厅吧。三个女人坐在客厅的沙发上喝香槟。其中一个短发女人笑盈盈地看着她，对另外两个说，皓明就喜欢这种瘦瘦高高的女孩。旁边披着披肩的女人说，现在的男孩都喜欢这种身材。

一个八九岁的男孩跑出来，是沈皓明的弟弟沈皓辰。他手里牵了一只短腿腊肠狗。那只狗穿着蓝色羽绒坎肩，背后有个帽子，跑快一点帽子就扣过来，盖住了它的脸。沈皓辰把狗拽到沙发边，向大家介绍，它叫贝利，有点感冒了。挑高细眉的女人问，你上次那条狗呢？沈皓辰说，送走了，妈妈嫌它老翻垃圾桶。短发女人说，你妈一开始可是爱它爱得不行啊。男孩耸耸肩，我妈妈是个很难捉摸的女人。三个女人笑起来。披着披肩的女人说，皓辰，过来，让阿姨抱抱。男孩勉为其难地向前走了两步，把头转向一边，阿姨，我也感冒了。披着披肩的女人摸了摸他的后脑勺，都那么大了，真是有苗不愁长啊。挑高眉毛的女人放下香槟杯说，后悔了吧，当时都劝你跟于岚一起去，还可以做个双胞胎。

谁在说我坏话呢，我可是听到了，一个矮胖的女人走进来，穿着深蓝色香云纱裙子，腰部有一朵白色荷花，是沈皓明的妈妈于岚。你儿子，短发女人说，他说你是个很难捉摸的女人。于岚笑起来，对男孩说，宝贝，你昨天不是还说我不用开口，你都知道我要说什么吗？男孩说，我知道你要说什么，但我不知道你在想什么。挑高细眉的女人说，你儿子是个哲学家。

男孩抬起头问于岚，我能让许妍姐姐陪我去玩吗？于岚说，好啊。她笑吟吟地朝许妍走过来，说我都没看到你来了。许妍微笑着说，我买了甜点，饭后可以吃。太好了，于岚说，那我就不让大李再去买了。许妍在心里飞快地算了一下，四块蛋糕，自己不吃，刚好她们四个女人一人一块。

她跟着沈皓辰来到后院。那里有几簇假山和一个凉亭，前面是一小片结冰的水塘。沈皓辰问，你说贝利能在上面滑冰吗？许妍说，不行，它会掉下去。玩点别的吧，我陪你去插乐高。沈皓辰摇摇头，我想陪着贝利，它太孤单了。许妍说，它感冒了，需要休息。沈皓辰说，都是我妈，非让它睡在花房里。许妍问，为什么不让它到屋子里去？沈皓辰说，我妈说我们还不了解它的脾气，要观察一段时间，惠惠姐姐刚来的时候，她也不让她跟我们一起吃饭，说她嘴巴臭，可能有胃病。

许妍通过这个男孩知道了他们家不少事。包括沈皓明刚和她在一起的时候，于岚还给他介绍一个银行行长的女儿。没准他们见了面，她没问过沈皓明。以后恐怕还有律师的女儿，医生的女儿，她显然不是理想的儿媳，不过他们也没公然反对。有一次沈皓辰说，我妈说哥哥带什么女孩回来都没所谓，谈谈恋爱又不是当真的。许妍相信沈皓辰不至于蠢到不知道这些话不该讲给她听，他是故意的，好让她心里难受。他也会把他妈妈讲保姆小惠的话告诉小惠，然后站在门外听小惠在房间里偷偷哭。这是一种什么爱好，许妍不知道，用沈皓明的话来说，他弟弟是个内心阴暗的小孩。

他们相差十八岁，沈皓辰叼着奶嘴的时候，沈皓明已经系着领结跟爸爸去参加慈善晚会了。他对弟弟没太多感情，一开始甚至忘了跟许妍讲。后来有一次随口讲到他，许妍惊讶地问，为什么？什么为什么，沈皓明问。许妍说，为什么能生两个孩子。沈皓明说，哦，我爸妈都入了加拿大籍。其实不入也可以，罚点钱就是了。

沈皓明推门走出来，对许妍说，我到处找你呢。他冲着沈皓辰的屁股拍了两下，别老缠着别人，你就不能自己玩会儿吗？沈皓辰哀求道，我们等会儿出去吃冰淇淋吧。沈皓明不理他，拉着许妍走了。

沈皓明的爸爸沈金松和几个男客坐在偏厅的沙发上。沈皓明带

着许妍走过去，把她介绍给两个没见过的客人。他爸爸说，皓明，
给你李叔叔拿支雪茄来。走出房间，沈皓明咕哝道，他怎么还有脸
来。你说谁，许妍问。沈浩明说，那个戴鸭舌帽的男的，做生意把
周围的朋友坑了一个遍，大家都不跟他来往了。沈皓明返回偏厅的
时候，许妍拉住他，说笑一下。沈皓明皱着眉头，干什么？许妍
说，你的怒气都写在脸上，让别的客人看到不好。沈皓明勉强露出
一个微笑。许妍也给他一个微笑，进去吧，我去问问你妈妈那边有
什么需要帮忙的。

　　许妍回到大客厅，发现又来了两个女客人。蛋糕不够分了，她
有点不安地盯着桌子上的白盒子。开饭了，于岚对她说，我们过去
坐下吧。

　　这种家宴是沈家的传统，每个星期都有一两回。客人彼此相
熟，不会感到拘束。许妍环视四周，低声问沈皓明，高叔叔没来？
沈皓明说，他开会，晚点来。披着披肩的女人问，皓辰呢？于岚
说，让他跟保姆吃，那孩子絮絮叨叨的，大人都没法好好说话了。

　　戴鸭舌帽的男人挨着女人们坐，一直保持沉默，每当那碟花生
米转到面前的时候，他都会夹起一颗。你的古董店还开着吗，旁边
的女人问他。没有，他回答，停顿了几秒说，不过我正打算重新开
起来。女人问，还在原来的地方吗？啊，对，他说。一个男客人笑
了笑，你确定吗，那一带盖了新楼，租金涨了四五倍。所有的人都
看向戴鸭舌帽的男人，屋子里一时很静。许妍觉得自己所分担的那
份尴尬比其他人更多。她理解那个戴鸭舌帽的男人，他一定很渴望

成功，只是运气差了点。

饭吃到一半，高叔叔来了。许妍也弄不清这个高叔叔到底在政府做什么工作，只知道他权力很大，帮人铲了不少事。戴鸭舌帽的男人忽然来了精神，一直看着高叔叔，听他跟周围的人讲话。他们笑起来的时候，他也跟着笑了。

晚饭结束后，大家移到偏厅喝茶。沈金松和高叔叔去了另外一个房间，戴着鸭舌帽的男人也跟了进去。沈皓明对许妍说，他肯定有事要让高叔叔帮忙。许妍问，他会帮吗？沈皓明说，不知道，我们去看电影吧？许妍说，早走了你妈妈会不高兴。沈皓明说，管她呢。许妍笑了一下，你可以不管，我不能不管。她拉着沈皓明来到客厅，女人们正坐在那里聊天。沈皓明听到她们都在谈论衣服和包，就说我还是去男士那边吧。

许妍在于岚旁边坐了一会儿，发现桌上的水果叉不够，就起身去拿。让佩佩把甜酒打开，于岚在她身后说。经过走廊，她看到沈金松他们还在那个房间里，好像在说什么房子的事。

她拿着叉子从厨房出来，听到旁边的房间里传来奇怪的声音。好像是干呕，伴随着细小的嘶叫声。她敲了两下，推开门。是沈皓辰，正仰面躺在地上哭。那间屋子长期闲置，空荡荡的，只有一只书柜立在墙边。她蹲下来，说你可真会挑地方。沈皓辰不理她，闭上眼睛继续哭。许妍问，就因为没陪你去吃冰淇淋？沈皓辰抹了把眼泪，说我早就习惯了。许妍问，为什么不叫你的朋友来家里玩呢？沈皓辰说，你要是整天转学，还会有什么朋友吗？他摇了摇头，说这个家里没有一个人真的关心我。许妍说，不要对别人有什么期望，你自己得变得强大起来。沈皓辰撇了一下嘴，我还是个孩子呀。许妍说，孩子怎么了？沈皓辰哀求道，你能让我自己静一会儿吗，我不想回房间，惠惠姐姐像只鹦鹉，一直说个不停。

许妍带上了房间的门。她确实没想过沈皓辰会有什么痛苦。生在这样的家庭，不是应该从梦里笑出声来吗？但是现在看起来，他或许也是一个多余的孩子。他爸妈要他不过是为了装点生活，其实已经没有耐心再陪他长大一遍了。于岚不能放弃太太们的聚会和旅行，沈金松不能放弃打高尔夫和应酬。沈皓辰总是和保姆待在一起。一任又一任保姆。他满意的他妈妈不满意，他妈妈喜欢的他不喜欢。

许妍回到客厅，她的蛋糕盒子打开了，摊在桌上，里面的蛋糕一个也没有动。有两个上面的花蹭在盒子上，变成了一坨红色烂泥，只有立着跳舞小人的那个仍旧完好。小人踮着脚尖，好像正从一堆废墟里往外爬。

戴鸭舌帽的男人出现在门口，咧开嘴冲着于岚笑了笑，说我来跟你说一声，我要走了。于岚点点头，让司机送你一下？男人说，我叫了辆车，司机好像迷路了。于岚说，坐下等一会儿吧。鸭舌帽迟疑了一下，走过来坐在沙发上。许妍把自己那杯没动的甜酒放到他跟前，对他笑了笑。

快去把你的貂皮大衣拿来！短发女人把手搭在于岚的肩上。还有那个绝版的蜥蜴皮，挑高细眉的女人说。于岚去取了灰蓝色的貂皮大衣，还有几只包。女人们走上前，有的试穿大衣，有的摆弄着包。只有许妍和鸭舌帽坐在沙发上。鸭舌帽探身向前，目光呆滞地盯着茶几上的东西。他忽然伸出手，拿起那个有跳舞小人的纸杯蛋糕，整个塞进了嘴里。

乔琳走到舞台中央，射灯的光不偏不斜地打在她的脸上。她天生知道光在哪里。她趋着步子，荡着纤长的腿，将裙摆转得飞快。每次她双脚离开地面的时候，许妍都感觉到心里一紧。她不知道自己是在担心，还是在希望发生点什么。直到乔琳平安地弯腰谢幕，她才松了一口气，然后忽然难过起来。她想，很多年后，台下的人不会记得是谁主持了这场晚会，但他们一定记得乔琳跳舞的样子。

十点过后，客人陆续离开。许妍帮保姆收酒杯，被沈皓明堵在厨房门口。他搂了一下许妍的腰，眨眨眼睛，说不如今晚你就睡在这里吧？许妍挣脱开，一脸正色地说，跟我说说，你是从多大开始，留女生在家过夜的？沈皓明耸耸眉毛，十七？你爸妈也答应吗？许妍问。沈皓明笑着说，他们到我房间来了好几次，我估计是想看看有没有准备避孕套。你准备了吗？许妍问。沈皓明收住笑容，神情变得凝重，我想向你坦白一件事……其实我有一个……年轻时候总会犯些错误对吧……他低下头，双手捂住脸。许妍想把他的手拉开，他拼命躲闪，直到迸发出笑声，他一边笑一边摆手，我实在是憋不住了……许妍推了他一下，自己还觉得演得挺像是吧？

沈皓明笑着问，要是我真从外面领回来个孩子，你帮我养吗？许妍说，那得看长得好不好看了。沈皓明说，好看，比我还好看。许妍说，养啊，为什么不养，省得自己去生了。沈皓明伸出双手兜住她，不行，你至少还得生两个。许妍望着他，笑了笑。她说，我还是回去吧，表姐一个人在家。沈皓明说，好吧，我明天陪你们，给你们当司机。许妍说，不用，她脾气怪，你在她会不自在。

许妍穿上外套，拢了一下头发，转过身来问，对了，刚才那个人找高叔叔什么事？沈皓明说，前些年他在郊区找了块地盖房子，当时和乡政府签过合约，但是不作数，现在地要被收走了……许妍问，这事难办吗？沈皓明说，嗯，不过高叔叔去想办法了。许妍说，所以还是会帮他？沈皓明说，不然呢，他住哪里呢？

回去的路上，许妍在心里掂量，是鸭舌帽拆房子的事难办，还是她爸妈的事难办。他既然连那个名声不好的人都愿意帮，是不是也意味着他可以帮她呢？不，不是她，是她的表姐乔琳。再找机会吧，她想，应该多和高叔叔见几面，让他觉得自己是沈家的一员。

许妍回到公寓，发现乔琳坐在楼下大堂的沙发上。她抬起头，抱歉地冲许妍笑了一下，我把密码忘了，你的手机关机。许妍问她坐了多久。她说没多久，我一直在院子里转悠，把开着的小商店都逛了一遍。这里真好，人都很和气，还借给我厕所用。

许妍看着她，乔琳，你能别把自己弄得那么惨兮兮的吗？

乔琳从三轮车上跳下来，笑着对她说，我把写字台给你拉来了，反正我以后再也不用学习啦。许妍打量着那张写字台，桌腿上的贴画已经斑驳，她还记得贴画刚贴上去的时候，上面那张明艳的赵雅芝的脸。她确实觊觎这张书桌很久。姥姥在窗台上搭了块木板，她一直在那上面写作业。

许妍问，成绩出来了？乔琳吐了吐舌头，连那个破烂煤炭学院也没考上。她们把写字台搬下来，乔琳拍了拍手上的灰，说我已经找到工作啦，明天就去华联商场上班，以后你买"美宝莲"都是员工价。她的手指上涂着藕粉色的指甲油，穿着低腰牛仔裤，长头发在胸前甩来甩去。她身上的美丽还在增加，但她好像并不把自己的美丽当回事。那股潇洒的劲特别令男孩着迷。

四

第二天，十点不到她们就出门了。往常的周末，许妍会和沈皓明在床上赖到十一点，然后去吃个早午餐。但是这一天，天刚亮许妍就醒了。失眠大概传染，她就没见乔琳闭过眼睛。但是乔琳坚持说自己睡了一会儿，还做了梦，梦见自己生了个罐子人。罐子人？许妍皱起眉头。对，乔琳说，就是那种马戏团里的小孩，养在罐子里，手脚都萎缩了，只有头特别大。她打了个激灵，跳下床，说我去做早饭了。

厨房里传出葱油的香味。乔琳用平底锅烙了两个葱花饼。这是小时候最熟悉的食物，许妍来北京以后就没有再吃过。要不是再闻到这股味，她已经忘记世界上还有这种食物了。

许妍想带乔琳先去景山，那附近有一段红墙她很喜欢。街上的车不多，她们静静听着广播里的歌。乔琳抿着嘴唇，似乎很悲伤。许妍说，别想了，那只是个梦。乔琳点点头，知道，我知道。没事的，我在等汪律师的电话，他说今天会打给我的。许妍觉得乔琳在把某种压力传递给自己，这令她感到很烦躁。

车子剧烈地震了一下，许妍回过神来，猛踩刹车，可是已经撞上了前面的车。乔琳拱起身体，护住了肚子。前车的女人对着许妍一通抱怨，然后给交警打了电话。交警来了，许妍把车上翻遍了，也没找到行驶证，只好给沈皓明打电话。过了几分钟，沈皓明拨过来，说在家里找到了，上次司机修车取出来，忘记放回去了。沈皓明说，我给你送过去，你在哪里？许妍沉默了几秒钟，说出了自己的位置。

她回到车里。乔琳头靠着车座，双手还放在肚子上。许妍说，我男朋友正赶过来，我跟他说你是我表姐，你不要提爸妈的事。乔琳点点头，知道，我知道。许妍还想交代几句，见她闭上了眼睛，就没有再说。

沈皓明到了，处理完事故，他坐上驾驶座，侧过头来冲乔琳笑了笑，表姐，我开车可稳了，你安心睡会儿吧。

已经过了十一点，沈皓明提议先去吃午饭。他把车开到附近的购物中心。三楼有家粤菜馆，于岚常约人在那吃早茶。沈皓明把菜单交给乔琳，让她看看想吃什么。乔琳看了一下，又把它递给许妍。许妍低头翻菜单，总觉得乔琳在看自己。一屉虾饺上百块，显然不是白领能负担的。乔琳大概早就把她识破了，借来的车，租的房子，一切都充满破绽。她抬起头来的时候，乔琳微笑着说，我吃什么都可以，辣一点就行。

我就知道许妍得撞，沈皓明说，不撞个两三回哪算真会开车？可是车上坐着你，不能有半点马虎。我早就跟她说今天我来给你们当司机……乔琳笑了笑，已经很麻烦你了。沈皓明说，她以前不也常麻烦你吗，她说上高中的时候你很照顾她，给她买雨衣，陪她打吊针……乔琳淡淡地说，那不算什么。沈皓明说，有时候表亲反倒更亲，我和我表姐的感情就比跟我弟好……乔琳问，你有个弟弟？沈皓明说，对啊，一个爱哭鬼，烦死人了。乔琳说，怎么能生第二个孩子呢？沈皓明笑了，你怎么跟许妍问得一模一样，我爸妈拿了加拿大护照。乔琳喃喃地说，哦，外国人……沈皓明说，以后我跟许妍至少生三个，你的小孩不愁没人玩。乔琳点点头，好啊。许妍埋头吃着刚上来的石斑鱼。生三个？她似乎听到乔琳在心里暗笑。

乔琳的手机响了。许妍很怕她会在沈皓明面前接起电话，但她站起来，离开了桌子。许妍对沈皓明说，下午你不用陪了，我就带她在后海逛逛。沈皓明说，我跟任国栋吃晚饭，上次他女儿百天不是没去吗，没事，五点出发就行。

乔琳回来了，脸色凝重，失神地盯着面前的盘子。她不吃，许妍也不劝。直到听到沈皓明说，那我们走吧，她站起来，驱着腿往外走。沈皓明喊住她，把落在椅背上的羽绒服交给她。

乔琳跟在他们后面，双手抓着她的羽绒服。里子朝外，破了个洞，钻出一簇棉絮。许妍简直怀疑她是故意的，想要他们给她买件新大衣。沈皓明说，我是不是应该给任国栋的女儿买点东西？买什么呢？他们绕着商场走了半圈，沈皓明忽然停住脚步，指着橱窗说，就买这个吧。小小的白色纱裙被云彩簇拥着，跟上回许妍和乔琳看到的那件一模一样。应该是连锁店铺，橱窗布置得也一模一样。沈皓明问乔琳，知道你的宝宝是男孩还是女孩吗？乔琳摇摇头。沈皓明说没事，转身进了那家商店。

乔琳立即告诉许妍，汪律师说他接不了这个案子。她咬了咬嘴唇，又说，他去开会了，我等会儿再打个电话求求他。许妍说，别这样，乔琳，你以前不这样。乔琳眼泪涌出来，说我真没用，什么事也办不成。沈皓明拎着纸袋走出来，把其中一只递给乔琳，说我买了个礼盒，里面什么都有，白色的，男女都能穿。乔琳把头扭到一边，抹着脸上的眼泪。沈皓明尴尬地拿着纸袋。过了一会儿，乔琳才回过头来，挤出一个微笑，说谢谢，真的谢谢你。

他们到后海的时候，天已经很阴。空气中零星飘着一点凉丝丝的小雪。河面结着厚实的冰，是青灰色的。沈皓明说，出来走走心情是不是好点了？乔琳点点头，说谢谢你们。许妍转过脸，朝河的方向看去。河中央有一辆鸭子形状的船，冻住了，船身倾斜，鸭头望着天空。

乔琳说，我们那里也有一条河，叫奈河，比这个还宽。沈皓明说，我以为你们那里都是山呢，我还跟许妍说什么时候去爬一次泰山。乔琳说，小时候有一回，我和许妍亲眼看到一个放风筝的小孩掉到水里，淹死了。他妈妈在岸上大哭，围了很多人。许妍说，我不记得了。乔琳说，你站在那里，我怎么拽都不肯走。一直等到人都散了，你用竹竿把那个孩子的风筝挑下来，拿着回家了。沈皓明问，那个小孩是她朋友吗？她想要那个风筝作纪念？乔琳笑了笑，她就是想要那个风筝。许妍盯着乔琳的脸。乔琳没有看她，好像还沉浸在回忆里，说那孩子的妈妈后来每天在岸边哭，抱着经过的人的腿，求他们去救她儿子。再后来岸边的树都砍了，盖起一排楼房。她沉默了一会儿，对沈皓明说，许妍想要什么是不会说的。沈皓明说，对，她什么都憋在心里不说。乔琳说，不要紧，只要你一直在那里，默默支持她就行了。

许妍看着面前的湖。午后的太阳照着水面，淬起一片金光。于一鸣放下桨，让他们的船在水上漂。乔琳忽然开口说，我看见过水怪。有个放风筝的小孩掉到河里，水面上升起一团白烟。那团白烟朝我们这边飘过来，我吓坏了，拉起许妍的手就跑。可她好像定住了似的，站在那里一动不动。我就也没跑，挽住了她的胳膊，心想要是水怪过来，就把我们一块带走吧。乔琳俯身向湖面，撩了几下水说，于一鸣，什么时候教我们游泳吧。

雪越下越大，河显得更灰了，冻住的鸭子船在身后变小，拐了个弯，看不见了。路边有间咖啡馆，他们决定进去坐一会儿。推开门，里面都是人。沈皓明说，嘿，整个后海的人全都躲到这儿来了。许妍付了钱，在等饮料的地方排队。做咖啡的男孩像是新来的，把热牛奶打翻了。沈皓明从背后戳了戳许妍，说你表姐把手机落车上了，我陪她去拿一下。许妍说，等买了咖啡一起去吧。沈皓明说，没事，很近，然后转身走了。

隔着玻璃窗，许妍看到他们朝来的方向走去，乔琳好像在说什么。她烦躁地看着那个做咖啡的男孩，把手中的收据折成小块，又摊开。

乔琳也许是故意的，汪律师不帮她，她就慌了神，觉得沈皓明没准能帮忙，就想跟他说一说。许妍气恨地用力一挣，把收据撕成了两半。

做咖啡的男孩拿过撕碎的收据，仔细辨认着上面写的是什么饮料。你们连基本的培训都没有吗，许妍气呼呼地问。她把咖啡放在桌上，拉开椅子坐下。乔琳会跟沈皓明说什么呢？事情万一败露了，她应该怎么解释呢？她脑袋一片空白，什么说辞也想不出来，只是不断去按手机，看时间的数字变化。

他们终于回来了。乔琳没坐下，她看了许妍一眼，说我再去打个电话。许妍看着沈皓明，想从他的表情里读出一点信息。但他一直在低头看手机。许妍碰碰他的胳膊，拿起桌上的咖啡递给他。他喝了一口，皱起眉头说，真难喝。乔琳回来后，脸色依然凝重，她喝了两口水，捧着杯子发愣。沈皓明看了看外面的雪，对许妍说，你就别开了，我让司机来接你们。

车来了，她们先坐上，沈皓明去取了先前在童装店给乔琳买的东西，让司机放在后备箱。他凑到车窗前对乔琳说，表姐，这两天你要是不走，到我家来玩。乔琳点点头，一直望着沈皓明走过去，钻进车里。他人真好，乔琳对许妍说。

路上她们没有说话。司机拐了个弯去加油。发动机熄灭，广播里的音乐停止了。乔琳望着窗外纷飞的雪说，我明天就回去了。许妍说好。

太阳从头顶移开，风吹着湖面，水的气味升起来。船从午睡中醒了过来，一点点动起来。许妍、乔琳和于一鸣不约而同地向后靠，蜷缩着腿躺下去，仰脸望着天空。也许是在等晚霞出现，但是渐渐地不重要了。许妍合上了眼睛。湖水像一双温暖的手臂环绕着自己。它的脉搏一起一伏，节律微小而有力。船在缓慢地动着，可他们没什么地方要去。不去对岸，也不回去。他们三个好像可以一直那么待着，谁也不会离开。

好像什么都不重要了。许妍松开了眉头。她不再计较他们到底有多么爱彼此。她只是知道她爱他们。那股强烈的感情使她觉得自己并不是多余的。她是他们当中的一员，即便是微不足道，可以被舍弃的，她也不在乎。

她睁开眼睛的时候，晚霞已经来过了。只有几块很小的云彩挂在天边。湖面一片金色，望不到尽头。但只是一瞬间，湖水转眼就开始变灰。当她转过脸去的时候，看到乔琳正望着湖面，似乎已经注视了很久很久，又好像是她的目光使湖面暗了下去。于一鸣还没有睁开眼睛，嘴角带着一丝淡淡的笑意。不要睁开眼睛，许妍在心里这样祝福着他。因为随即他会发现太阳已经落下去，船要往回开了。他们的旅行结束了。

晚饭许妍叫了外卖。乔琳没怎么吃，她说想去床上躺一会儿。许妍吃完看了会儿电视。她到卧室的时候，乔琳正坐在床上发呆。许妍走过去拉窗帘。路灯下，有个穿着羽绒服的男人在遛狗。是对门那个姓汤的邻居，他仰起头看了一会儿月亮，从地上抱起狗，夹在胳膊底下，走进了楼洞。

许妍听到乔琳在身后轻声问，沈皓明能帮上咱们吗？许妍转过身来看着乔琳，说你自己没问他吗，你们两个去拿手机的时候。乔琳摇了摇头，我什么也没跟他说，他问我想不想来北京工作，他可以安排，我说不用了。哦，许妍应了一声。乔琳说，他是律师，又认识挺多人的，没准还能托上政府的关系……许妍问，你怎么知道他是律师的？乔琳说，他自己说的，我真的什么都没问。她低下头，看着拱起的肚子，汪律师不接我的电话了，电视台那边也没回信，我实在没有办法了。这事折腾了那么多年，总得有个了结……许妍笑了一声，你为我考虑过吗？你是不是觉得我想要什么就有什么，过得很容易？你想过几天安稳日子，我不想吗？你小时候至少有个完整的家，我有什么？她的眼圈红了，这么多年了，你们就不能放过我吗？乔琳也哭了，对不起，对不起，我不该来打扰你……

她仰起脸，吸了几下眼泪说，你没看到爸妈现在什么样子，爸早晨醒了就喝酒，手抖得已经拿不住筷子，妈整天守着电脑，到各种论坛发帖子求助，隔一会儿发一遍，那些人骂她是疯子，把她踢出去，她就重新注册了再发……我真的管不了了，我的身体垮了，在街上晕倒过好几回……她停住了，定定地看着前方，好像要把什么东西看清楚。

桌上的台灯照着乔琳，但她的脸是暗的，腮颊被阴影削去了。许妍望着她，她容貌的改变令她感到惊讶。那些青春时的光彩消失了，这也许是必然的，可它们好像从来没有存在过。没有人可以通过这张脸，想象出她少女时代的模样。许妍仿佛从二楼教室的窗户里看到那个总是微微扬起脸的长腿姑娘正穿过校园，她从那扇大门走出去，然后消失了。她去了哪里？

许妍走到床边，握住乔琳的手。那只手很烫，热量从指缝间汩汩流出来。乔琳的手指很长，这肯定不是许妍第一次注意到这一点，或许在漫长的青春期的某一天，她偷偷打量过这双手，暗暗惊讶于它们的美。但是现在，她第一次意识到，这双手很适合弹钢琴，要是它们能在童年的时候遇到一个钢琴老师的话，他肯定会这么说。要是那时候遇到一个舞蹈老师，可能也会说她适合跳舞。这具承载着苦难的身体，或许同时蕴藏着某种天赋。但是天赋不重要，对有些人来说，一生中没有任何一个时刻，会有人坐下来讨论一下她的天赋。许妍想起大三的时候，她得到了去电视台实习的机会，后来被留下了，那个频道的主任对她说，我并不觉得你很有当主持人的天赋，知道为什么选你吗？因为你身上有股劲，想从人堆里跳起来，够到高处的东西。

许妍握着乔琳的手，坐下来。她感觉自己在靠它取暖。但屋子里很热，地板也是热的，一点都不像十二月。她说，我答应你，我会去问问沈皓明。具体怎么说，我要想一想。我这么做不是为了爸妈，只是为了你，你明白吗？许妍攥了一下她的手说，给我一些时间好吗？乔琳点了点头。

十点过后，沈皓明打来电话。他说你猜怎么着，礼物拿错了，给你表姐的那袋才是给任国栋女儿的裙子。许妍夹着手机打开纸袋，解掉奶油色的缎带。那件缀满珍珠的小礼服折叠着，静静地躺在盒子里。要我现在送过去吗，她问。不用，沈皓明说，反正给你表姐买的礼盒任国栋女儿也能用。我打赌你表姐生女儿，他在电话那边笑起来，我买的裙子肯定能派上用场。

五

从北京回去不到一个月，乔琳就生下了一个女儿。比预产期早了一个多月，但是孩子很健康。她发过来几张照片，小小的一团，手脚却很长。沈皓明看了两眼说，跟你长得有点像。

那个月许妍很忙。台里在筹备一个新节目，过年的时候开播。每天连着录十来个小时，一段话反复说。这期间她去过沈皓明家一次，沈金松没在，只有于岚和几个太太在打麻将。许妍替了几圈，输掉六千块。临走时于岚说，咱们过年再打。许妍想这倒是个讨于岚开心的法子，于是许妍说服沈皓明过年不去苏梅岛，而是留下陪他爸妈。到时没准还能在家宴上遇到高叔叔。

许妍接到电话的时候是傍晚。还有三天就过年了，下午她和沈皓明去买了一堆烟火。回来的路上有点下雨，据说到了后半夜会转成雪，气温降十度。此前一些天北京都很暖和，让人有一种春天来了的错觉。

手机响了，跳动着一个陌生的号码，当时她正站在沈皓明家的花房里，指挥保姆把兰花搬到屋里去。沈皓辰也被喊来帮忙，许妍觉得让他干点体力活有好处，至少没那么多时间胡思乱想。他撇了撇嘴，说这些花可真丑。她双手叉腰看着他，你觉得什么花好看？假花，他回答。她让沈皓辰把面前这一盆搬到客厅，然后接起了电话。

是她妈妈。在那边大声号哭，告诉她乔琳自杀了，晚上一个人出门，跳进了城边的那条河。还在抢救吗，还在抢救吗，她连着问了好几遍。她妈妈说是昨天的事，人已经没了。许妍挂断了电话。

周围一片寂静。她搓了搓手上的泥巴，搬起一盆兰花往外走。

天气湿漉漉的，好像已经下雪了，仿佛有些凉飕飕的东西，带着爪子，紧紧地揪住了她的头皮。她伸出手，想触碰到空中的雪花。砰的一声，花盆跌落在地上。瓷片在地上打转。嗡嗡，嗡嗡。

沈皓辰走过来，看着她脚边的花盆。哈哈，他有点得意地说，假花就不会摔成稀巴烂。走开，她冲着他喊，蹲下把兰花从碎瓷片里捡起来。沈皓辰吓坏了，站在那里没有动。许妍敛起兰花磕了磕土，抱着它们走了。

她把花放在旁边的座位上，驶出了别墅区的大门。窗外是呼啸的大风，雪花如同决绝的蛾，砸在挡风玻璃上。她紧握方向盘，浑身发抖。泪水在眼眶里转悠，她蹙着眉头，盯着前面的路。为什么乔琳要这样做？她感到很愤怒，在北京的最后一个晚上，她不是答应得好好的，回去等着她的消息。她为什么就不能等一等呢？

车子冲下高速，擦着一辆卡车开过去，横冲直撞地拐了几个弯，在一片空旷的停车场停住。她狠狠地砸着方向盘，喇叭发出尖锐的鸣响，她不是说会想办法的吗，为什么不相信她呢？她靠在椅背上，大声哭起来。

手机在旁边座椅上响了好几遍，是沈皓明。她坐在黑暗里，等屏幕最终暗下去的时候，才对着它喃喃地说，我姐姐死了。

她没有回去参加追悼会。

除夕夜下着小雪。她站在院子门口，看沈皓明点着了烟花。她仰起头，望着光焰绽放，坠落。天空又黑了下去。几片雪落在她的脸上。

她给家里打了个电话。她妈妈一直在哭，不停地说，乔琳为什么那么狠心抛下我们？那边传来婴儿的啼哭，还有她爸爸的咒骂声，盆碗掉在地上，发出叮叮哐哐的响声。她妈妈问，你到底什么时候回来啊？这好像是她第一次对许妍表达需要。再过几天吧，她回答。你永远都别回来！她爸爸吼了一声，电话挂断了。

许妍一直没有回泰安。她心里有股怒气无法消退。她觉得乔琳不理解她，不相信她，甚至根本不希望她过得好。她这么做是为了让她永远感到内疚。在很长一段时间里，这股怒气有效地抑制了悲伤，使她可以正常入睡。

四月的一天，她去沈皓明家吃晚饭。那天只有他们自己家的人，吃了巴黎运回来的生蚝和新西兰鳌虾。于岚抱怨生蚝没有上次的新鲜。你下个月不就去巴黎了吗，沈金松拿着遥控器换台，屏幕上出现了一个穿白色西装的女主持人。她看了一眼手中的稿子，抬起头来：

"一九八八年，在泰安的一家医院里，患有风湿性心脏病的王亚珍生下了第二个女儿。她没有一丝做母亲的喜悦，只是感到很恐慌。在她的身旁，那个只有三斤八两的女婴睁开眼睛，好奇地打量着这个世界。那一刻她是否知道，这个世界等待她的不是温暖的祝福，而是无情的责罚呢？手术室的门外，乔建斌坐在长椅上，一夜没有合过眼。在经历了辗转于计生委和医院之间的几个月后，他已经疲倦不堪。然而他们家的厄运才刚刚开始……"

许妍盯着屏幕，一只手攥着毛衣领口，感觉自己就快要窒息。

这个"聚焦时刻"有时候还能看看，沈金松说。于岚说，有什么可看的，不是钉子户就是超生。妈妈，妈妈，沈皓辰说，你算超生吗？于岚说，宝贝，生了你加拿大政府还给我奖励呢。

"……记者来到乔建斌家。乔建斌被开除以后，全家人就以这家诊所维持生计。现在门口依然挂着'平安'诊所的招牌，但是已

161

经好几年没有来过一个病人了。一楼的诊断床上堆满了各种保健药。有的早已过了保质期，王亚珍就留给家里人吃。她拿起一瓶药给记者看，这个是帮助睡觉的，我大女儿老睡不着，我就让她吃……在过去二十多年里，乔建斌和王亚珍一直通过各种途径寻求帮助，希望单位能恢复乔建斌的工作……"

镜头掠过他们家。角落里的蜘蛛网，桌子上油腻的桌布，泛着黄渍的马桶，最后停在墙上的照片上。那是一张他们全家的合影，可能也是唯一一张。当时许妍大概四五岁，站在最右边，乔琳的手搭在她的肩膀上。

许妍感觉所有人的目光好像都朝这边涌过来。她几乎就要从座位上弹起来，冲出房间了。

随后，主持人讲述了这些年乔建斌家的生活，也讲到那个超生的小女儿，因为早产和用药的原因导致不孕。但她的去向并没有提及。也没有提到乔琳的女儿，只是说乔琳这些年，一直在为这件事奔波，导致恋爱失败，也失掉了工作。两个多月前，有天晚上她像往常一样，哄孩子睡了觉，然后离开家走到河边，跳了下去。

画面切回演播室。女主持人说："就在自杀的前一天，乔琳还给本节目的编导发过一条短信。在短信里，她这样说：'陈老师，我恳求您给我们做一期节目。这不是我们一家人的问题，很多家庭都有类似的遭遇。我相信节目播出以后，一定会引起很大的反响。如果还需要什么材料，您随时找我。给您拜个早年！'"主持人垂下眼睛，停顿了几秒，"我们将这期迟到的节目献给乔琳，希望她能安息。同时，我们也希望热心的律师朋友能跟乔建斌一家联系，帮助他们走出困境。感谢您的收看，我们下期再见……"

沈皓明气呼呼地说，这也太操蛋了。于岚看了他一眼，你想干吗，这种案子又不是你管的。沈皓明说，我可以去问问我同学，说不定有人愿意接。沈金松说，犯不着打官司，这种事找对了人，就是一句话的事。于岚说，有捐款电话吗，直接给他们打过去点钱就是了。

保姆端上水果。电视里已经在播连续剧，但许妍不敢去看屏幕，仿佛先前的画面下一秒就会再跳出来。她缩着肩膀，低头盯着面前的盘子，直到听到沈皓明说，我们走吧，就站了起来，跟随他走出大门。

她抱着自己的包坐进车里，身体一直在发抖。你的外套呢，沈皓明问。她才发现忘记穿了，别回去拿了，她几乎用哀求的语气说。车子停了，她走下来，发觉自己在一个空旷的院子里，周围都是深红色的砖墙。她打了个寒战，问这是哪里？沈皓明说，苏寒有个生日派对，我不是跟你说了吗？

屋子里很吵，拼起来的长桌两边坐满了人。除了苏寒，她一个都不认识。沈皓明挨个介绍，她一直点头，却记不住任何一个名字。这是方蕾，沈皓明指着右边的女孩说，她跟我在英国一个学校，也读法律，算是我学妹。女孩笑了，你没念几天就转走了，也好意思自称是学长？沈皓明说，嘿，学校的校友录可是有我。女孩耸耸眉毛，那是为了让你捐钱好吗？沈皓明笑起来。许妍也跟着笑了一下。笑意在她的脸上一点点消失，泪水突然涌出来。

乔琳拉着她的手往山上走。许妍说，快下雨了，回去吧。乔琳说，你要去北京了，我得给你求个护身符。许妍说，可是摆摊的都回去了啊。乔琳说，再往上走走看嘛。

大雨降下，她们跑进一座庙里。两人抖着身上的雨水，乔琳长头发上的水珠溅在许妍的脸上，她咯咯笑起来。许妍说，严肃点，菩萨会生气的。乔琳收住笑，环视了一圈大殿，低声问，这个庙是求什么的啊？

许妍支起手肘，托住腮悄悄抹去眼泪。沈皓明正在问那个叫方蕾的女孩，你什么时候搬回来的？方蕾耸耸眉毛，你怎么知道我搬回来了呢，我看起来不像是回来度假吗？沈皓明摇了摇头，我才不信你在英国待得下去呢。

她们并排站在大殿中央。菩萨的脖子伸进黑暗里，看不见脸，但许妍能感觉到，有一簇白光从上面照下来。

乔琳小声问，你说那么多人来求她，她能帮得过来吗？许妍说，只帮她喜欢的人吧。乔琳笑了，说那她肯定喜欢我。当时我一直盼着妈妈能把你生下来。而且我还说，想要个妹妹。你瞧，菩萨就把你给我了。许妍说，当时你才两岁，就知道求菩萨了？乔琳说，我说不出来，但心里想的东西，菩萨一定能知道。许妍说，你要是知道后来发生的事，当初就不会那么希望了。乔琳说，我还是会那么希望的。我从来都没觉得不该有你，真的，一刹那都没有，我只是经常在心里想，要是我们能合成一个人就好了。她握住了许妍的手。她的手心很烫，仿佛有股热量流出来。

给我们拍张照片好吗？许妍听到有人在喊自己。是苏寒，她正站在方蕾和沈皓明的身后。许妍接过手机。苏寒笑着问沈皓明，还记得吗，那阵子每个周末我们三个都开车到郊外BBQ。后来过了一个暑假，回来大家都变得很忙，就没有再聚。也可能你们两个聚了，没有叫我。方蕾斜了她一眼，你说对了，我们在瞒着你谈恋爱。沈皓明点点头，后来她把我踹了，我伤心欲绝，就回国了。苏寒笑起来，小心你女朋友当真，回头跟你吵架。沈皓明说，她才不会呢。

大殿里飘过几丝凉飕的风，雨好像停了，有个人靠在门边看着她们。那人穿着一件破袄，逆光里看不到脚，还以为是坐着，后来才发现，脚被袄盖住了，他是个矮人。很老，布满皱纹的脸像一团揉搓起来的废报纸。她们往外走，他在一旁开口说，你们想知道自己的命运吗？她们对望了一眼，没停下脚步。他说，不收钱，我就当给自己解闷。

他走到她们跟前，仰起脸盯着乔琳，说你早运不顺，有一些坎，三十岁以后越来越好。乔琳问，怎么个好法？他回答，儿孙满堂，有人送终。乔琳笑起来，有人送终就算是好吗？矮人没回答，把头转向许妍，你啊，想要什么东西，都得跟别人去争。许妍问，那最后能争赢吗？他摇了摇头，说我不知道。许妍问，你也有不知道的事啊？他点点头，有一些。

苏寒用手指戳了戳沈皓明，说你可得劝劝方蕾，她现在是个愤怒少女，什么都看不惯，整天批判社会。沈皓明说，这叫回国综合征，过一段就好了。方蕾问，就像你吗，坦坦荡荡地做着你的沈家大少爷？沈皓明有点激动，说别把我想得那么麻木不仁好吗，我一直都想做点事啊……

然后他讲起出门前看的电视节目来：有对夫妻意外怀了二胎，按规定应该打掉，忘了为什么拖了好几个月，反正不是他们自己的责任，七个月才去引产，孩子生下竟然活着……苏寒感慨道，命可真大。沈皓明说，可是这算超生，男的丢了工作……讲到乔琳自杀的时候，方蕾摇头，这是我觉得最可悲的，因为上一辈的问题，子女的一生都毁了。苏寒说，这个故事有意思的地方是，合法生的姐姐死了，不合法出生的妹妹倒是活下来了。现在他们不就只有一个孩子了吗，还算超生吗？

许妍离开座位，走进洗手间，反锁上门。

乔琳不是不相信她，而是对世界不抱什么希望了。许妍记得最后一次乔琳打来电话，是一天清晨。她说，我今天出月子了。许妍问，你的奶够吃吗，现在能睡着觉了吗？乔琳没有回答，只是说，都挺好的，我就是跟你说一声，你去忙吧。她的声音淡淡的，没有高兴，也没有悲伤，只是有种解脱的感觉。她好像一直在等这一天。等孩子出生，等她过了满月……她那么迫切地希望解决爸妈的事，不是期盼能过什么新生活，只是希望有一个让自己心安一点的结果。如果没有，她也不能再等了。她已经松开了双手。

外面的人在不耐烦地敲门。许妍拧开水龙头，把脸伸到水柱底下。外面的声音消失了。好像沉入了河中，耳边只有汩汩的水声。我就是想来看看你，乔琳转过脸来笑着说。那双有点发红的眼睛在黑沉沉的水底望着她。然后熄灭了。

许妍回到座位上，跟沈皓明说自己可能着凉了，想先回去。沈皓明说，我们一起走吧。在车上，他说，方蕾听我讲了新闻里那个事，也挺来气，说她有几个从国外回来的律师朋友，没准有谁愿意接。我回头再给高叔叔打个电话，让他跟泰安那边的人说一下。这事反响很大，不解决一下，他们自己也难交代。许妍怔怔地望着他，这是乔琳拿命换来的，她想，眼泪掉下来。沈皓明很惊讶，这是怎么了？他抓住许妍的手，你不会是当真了吧，以为我和方蕾谈过恋爱？我们在开玩笑啊。许妍摇头，没有，没有，我只是有点感动，你真的心肠很好，她望着沈皓明，伸过手去，摸了摸他的脸颊。他拿下巴蹭了蹭她的手心，笑着说，我忘刮胡子了。

六

五月初，许妍回了一次泰安。学校已经给乔建斌恢复了工作，按照退休教师的待遇发工资。据说那期"聚焦时刻"惊动了北京的大人物，出面给计生委打了电话。但是乔建斌和王亚珍对结果并不满意，因为赔偿金的事没有落实。他们还在继续上访。

自从节目播出以后，他们接受了不少采访。乔建斌的口才练得越来越好，见到摄影机镜头，眼睛就放光。他有些得意地告诉许妍，那些记者都挺佩服我的，觉得这个社会就缺我这种有点轴的人。王亚珍开了个微博，在上面写这些年他们家的遭遇，被几个有名的记者和学者转发了，很多人在下面留言。王亚珍每条留言都会回复，有的谈得来的，还加了QQ。

这些外界的关注使他们一天到晚都很忙碌，暂时缓解了丧女之痛。但是一旦他们回到眼前的生活，意识到乔琳永远不在了，情绪就会再度崩溃。家里的灯坏了，没有人修。冰箱里臭烘烘的，还放着乔琳买的蛋糕和酸奶。桌上的婴儿奶粉敞着盖子，已经结成了疙瘩。一到天黑，蟑螂就变得猖狂，在桌子上到处爬。于是王亚珍又哭起来。乔建斌的情绪比较两极。有时候安静地坐在那里，对着桌上的酒瓶发呆。有时候暴跳如雷，大骂乔琳没良心，白白把她养到那么大。王亚珍哭完了，就在那台陈旧的电脑前坐下，开始写微博：

"你们不知道我的大女儿有多好，长得漂亮又懂事，性格活泼，所有的人都喜欢她。我难过的时候，她总是安慰我说，妈妈，都会过去的。这个世界上没有过不去的事……"

她写着写着又哭了起来。许妍走过去坐在她的旁边。她转过身，搂住了许妍。许妍轻轻拍着她的背，让她安静下来。电脑发出叮的一声，王亚珍从许妍的怀里坐起来，抹了一把眼泪，有人回复我了，她说，连忙握住鼠标点击了两下。

　　回来的最初两天，许妍住在附近的旅馆里。第三天晚上，乔琳的孩子有点发烧，她留下来照看她，睡在了乔琳的床上。枕巾没有换过，上面还有乔琳没带走的香波的气味。许妍枕着它，想起小时候的愿望，从未被她承认过的愿望，那就是她可以睡在这张床上，不，不是和乔琳一起，而是她自己。这个破烂不堪的家，对她有一种吸引力，她渴望自己能作为一个合法的女儿，住在这幢房子里。在漫长的童年和青春期，她见过不少优秀的女孩，富有的，美丽的，聪明的，可是她一点也不想成为她们。她只想成为乔琳。她想取代她，占有她所拥有的东西。即便那些东西包含痛苦和不幸，也没有关系。因为她觉得那是本来应该属于自己的东西。如果没有乔琳……她无数次这样想。小时候她和乔琳站在河边，一样的太阳照着她们，可是她感觉到乔琳在阳光里，而自己在阴影里。如果没有乔琳……她可以向右挪两步，走到阳光底下。

　　小时候的愿望是如此真挚和恐怖，被她一直揣在心里，缓缓向外界释放着毒素。很多年后，它实现了。乔琳不在了。现在她睡在乔琳的床上，作为爸妈唯一的女儿。许妍把脸埋在枕巾里，失声痛哭。她可以撤销那个愿望吗，这一切是否会有不同？乔琳会幸福一点吗，而她是不是能长成另外一个人？乔琳不在了，她并不能走到阳光底下。她将永远留在阴影里。

　　婴儿发出响亮的啼哭。许妍抱起了她。黑暗中，孩子皎洁的脸上没有泪痕，也没有难过的表情，好像先前发出的哭声只是为了把许妍从痛苦里拉上来。她静静地看着许妍。小巧的眼仁里像是蓄满宽广的海水。许妍想对着它忏悔，但更想把所有的祝福都给它的主人。如果她的祝福也像她童年的愿望一样有法力，她希望她能得到自己和乔琳永远无法得到的幸福。

许妍从于一鸣身旁醒来，时间是凌晨三点钟。旅馆的窗户关不严，寒风钻进来。立冬了，北京很冷。许妍约于一鸣吃了晚饭，然后又去喝酒。快结束的时候，乔琳忽然在他们的谈话中消失了。许妍记得于一鸣怔怔地望着自己。随后的记忆一片模糊。许妍不记得自己说了什么，于一鸣说了什么。他们有没有接吻。她好像有点疼，也可能没有，只是她觉得自己应该有点疼。

她把于一鸣叫醒了。他从床上翻下来，抓起地上的衣服。女朋友还在家里等他，喝醉之前他就强调过这一点。他一边穿衣服，一边对许妍说，我知道是因为你刚来北京，有点想家，过些日子就好了。

走到门口，许妍喊住了他，拿起背包伸进手去掏索。他问怎么了。许妍说，乔琳有个东西让我带给你。他站在那里等了一会儿，她还是没有找到。他说，我真得走了，以后再说吧，然后拉开门走了。

那支钢笔一直放在书包的隔层里，许妍前两回见于一鸣总是忘记给。也许是想有个和他再见面的理由。但是现在，她非常想把那支笔给他。她打开灯，把包里的东西倒在地上。

乔琳的孩子特别安静。在度过最初那段离开母亲的日子之后，她很快适应了新生活。每次喝完奶就睡着了，醒来只是轻轻哭几声，然后安静地等着。许妍抱起她来的时候，孩子把头贴在她的胸口，好像在听她的心跳，脸上露出一丝微笑。每次放下她，她都会嘤嘤地发出两声，许妍心里一紧，又把她抱了起来。

外面已经很暖和，她抱着孩子走到太阳底下。槐花开了，地上落了厚厚的一层花瓣，被风吹着，散了又拢到一起。她走到河边，在石阶上坐下，想让孩子睡一会儿。但是孩子不睡，和她一起注视着面前的河。你闻到你妈妈的味道了吗？她问孩子。孩子笑起来。

孩子叫乔洛琪，名字是乔琳取的，但是好像没有人记得她的名字，爸妈都管她叫孩子。乔琳的孩子。他们好像仍把她看作是乔琳的一部分。她的圆眼睛和乔琳很像。有时候望着它们，许妍会有一种想和乔琳说话的渴望。但她不知道该说什么，她想说的乔琳应该都知道。现在乔琳知道世界上所有的事。知道许妍回来了，知道她和孩子在一起，知道她很想念她。

离开的那天清晨，许妍又抱着孩子出去散步。路过火车站，她对孩子说，这里面有火车，呜呜呜，汽笛拉响，然后哐哐地开走了。以后等你长大了，坐着它去找我，好不好？孩子没有笑，静静地看着她。她心里一紧，攥住了孩子的手。她无法想象孩子如何在那样一个破败的家里长大。

回到家，许妍把晾在门口的婴儿衣服叠起来，放在柜子里。她看到了那只纸盒，压在柜子最底下，露出一个角。打开盒子，那件白色连衣裙和她记忆里的样子不一样，塔夫绸没有那么硬，荷叶边也没有那么复杂。她给孩子穿上，把她抱到窗口。阳光照在胸前的那些小珍珠上，像雀跃的音符。你知道你很漂亮吗，她小声对孩子说。孩子软软地趴在她的肩上，用脸蛋蹭着她的脖子。

许妍坐在火车上，听到鸣笛声一阵心悸。她合上眼睛，想睡一会儿，但是耳边都是嗡嗡的噪音。她心烦意乱地拧开水，咕咚咕咚喝下去，然后盯着窗外飞快掠过的树和房屋。她一点点安静下来，并且做了个决定。回去以后，她要把所有的事都告诉沈皓明。他早晚有一天会知道的。她想跟他商量，等孩子大一些，把她接到北京住。要是有可能，她想收养她。

司机在车站等她，接她去吃晚饭。沈皓明订了一间日本餐厅。刚谈恋爱的时候，他们来过一回，从榻榻米包间的玻璃窗望出去，能看到小小的日式园林，但是现在天色太晚，覆盖着青苔的石头都变黑了。喝点酒吧，她跟沈皓明说。我正想说呢，沈皓明拿起酒单翻看。

清酒端上来，盛在圆肚子的蓝色玻璃瓶里。她和沈皓明碰了一下杯子。沈皓明问，片子什么时候播？她怔了一下。沈皓明说，这次出差拍的片子。她说，哦，下个月吧，还不知道剪出来什么样。然后她问沈皓明，你妈妈去巴黎了吗？沈皓明说，没呢，下周走，她们非要坐徐叔叔的私人飞机。许妍说，挺好，她们四个可以在飞机上打麻将。沈皓明撇了撇嘴说，无聊透了。

　　窗外园林的轮廓被夜色吞噬，只剩下灯光照亮的一角，石头发出幽绿的光。许妍喝了一杯酒，抬起头看着沈皓明，说你知道吗，我一直觉得你身上有很多可贵的品质……她笑了笑，说你知道我不擅长表达，可我真的觉得你特别善良，有正义感……沈皓明问，你干吗要说这个呢？她说，而且你对我很包容，我们的家庭情况不同，生活习惯也不一样，我身上肯定有很多地方让你不舒服……沈皓明打断她，别说这种话行吗？许妍又给自己倒了一杯酒，把发烫的脸贴在杯子上，说我十八岁来到北京，谁也不认识。课余时间我当家教，做导购，帮人主持婚礼，赚了钱给自己买衣服，去西餐厅吃饭。我就是想过体面一点的生活，你明白吗，我小时候家里什么都没有，连写字台也没有，要在窗台上写作业……我特别珍惜现在的生活，珍惜你，所以我一直……许妍哭了起来。沈皓明蹙着眉头望着她，她心里一凛，不知道怎么说下去。

　　服务员送进来甜点。两人默默吃着。沈皓明给她倒了酒，又把自己那杯添满。许妍喝了一口，鼓起勇气说，我表姐，冬天来北京的那个……沈皓明啪的一下把杯子放在桌上。许妍愣住了。他沉了沉肩膀，说我这两天，在方蕾那里过的夜，嗯，他又倒了一杯酒，说我本来想过几天再说，可是你把我说得那么好，让我很惭愧，我没打算瞒你，你知道我最讨厌骗人的。许妍茫然地点点头。她攥住酒壶，想再倒一杯酒，但始终没有把它拿起来。瓶壁上有很多细小的水滴，像一种痛苦的分泌物。她轻声问，你们俩的事是刚开始，还是已经结束了？沈皓明不说话，点了一支烟，白雾从他的指缝里升起来。许妍用手臂支撑着从榻榻米上站起来，说我先走了，等你想清楚了，告诉我你打算怎么办吧。

她拉开门向外走，沈皓明追出来，把外套披在她身上，说你又忘了穿大衣。然后他张开双臂拥抱了她。这是最后的告别吗，她一阵心悸，推开他跑到路边，拦下一辆出租车。

回到家，她发觉自己浑身滚烫，好像在发烧，就设了闹钟，吞了两片药躺下来。帮帮我，她在黑暗中说。外面天空发白的时候，她感觉乔琳来了，背坐在床边，扭过头来望着自己。她的目光并没有应许什么，却使许妍平静下来。

闹钟响了很多遍，她挣扎着坐起来，看了看另外半边床，很平整，没有坐过的痕迹。她洗澡，烤了两片面包。手机上跳出一条短信。她没有看，走过去拉开窗帘，外面下雨了。她把杏子酱涂在面包上，慢慢吃起来。吃完才拿起手机，点开短信。

沈皓明：我们还是分手吧，对不起。

她喝光杯子里的牛奶，拿起伞出门了。

请假十天，积压了很多工作，她一口气录了三期节目。中场休息的时候，编导进来跟她聊节目改版的事：活泼一点，别死气沉沉的行吗？要是收视率再这么低，节目就得停播了。许妍说，那我就去主持一档新闻节目。编导朗朗地笑起来，"聚焦时刻"那种吗？真没看出你身上还有社会责任感。

许妍换了一套衣服，坐在镜子前补妆。她问化妆师，你觉得我剪个短发怎么样？化妆师说，嗯，挺好。别再留齐刘海了，挡着额头影响运势。许妍笑了笑，说听你的。

　　回家的路上，许妍拐进一家美发店。从那里走出来，天已经黑了。夏天的风吹着脖子，很凉爽。她去便利店买了两个面包，然后往家走。路边有一家酒吧，或许是新开的。她朝里面张望了几下，有很温暖的灯光。她推开门走进去。

　　酒吧很小，只有一个男人趴在角落里的桌子上。她坐上吧台，点了一杯莫其托。角落里的那个男人走过来，要添一杯威士忌。是对面那个姓汤的邻居。他冲她点了点头，然后回到自己的座位。

　　店里放着暗哑的电子乐，像是有什么东西发霉了。喝完第三杯，她觉得自己应该醉一次。她从来没有试过，交过的几个男朋友都很爱喝酒，她必须保持清醒，好把他们送回家。有人在敲桌子。她抬起头来。店主面无表情地说，我要关门了，我女朋友在家等我呢。然后他走到角落里，把她的邻居叫醒，站在那里看着他把口袋里的钱摊在桌上，一张张地数着。

　　许妍坐在姥姥家门口。明天就要动身去北京，箱子已经装好，还有很多小时候的东西要处理。她把纸箱拖到外面，坐在门槛上慢慢挑。乔琳朝这边走过来，手里举着两个蛋筒冰淇淋，融化的奶浆往下淌。她坐在许妍的旁边，把香草的那只递给她。

　　乔琳说，我买了支钢笔，你帮我送给于一鸣。她们默默吃着冰淇淋。一个住在隔壁院子里的小男孩走过来。约莫十来岁的样子，站在那里看着她们。乔琳指着冰淇淋说，下回我给你买一个，好吗？男孩没说话，仍旧站在那里。地上散着从箱子里拿出来的乱七八糟的玩意儿。装风油精的瓶子，雪花膏的铁皮盒子，一块毛边的碎花布……这些不成为玩具的玩具，曾是许妍童年最心爱的东西。乔琳说，雪花膏盒子好像是我给你的。许妍说，我拿纽扣跟你换的。什么纽扣，乔琳问。许妍说，那是我最喜欢的纽扣，你竟然不记得了。她把蛋筒塞进嘴里，起身进屋洗手，忽然听到背后发出叮哐一声响。

隔壁的小男孩从地上那堆东西里拿起一只风筝，转身就跑。乔琳对她说，走，我们把它抢回来！

男孩到了胡同口，转了个弯，朝大马路跑去。她们给一辆车拦住，落下了很远。但她们还在往前跑。乔琳脚踝上的链子发出丁零零的声响。她的长头发在风里散开了，许妍闻到香波的气味。小男孩消失在马路的尽头，但她们没有停下。头顶上翻卷着乌云。许妍恍惚发现这一会儿的工夫，把小时候整天走的那些街都走了一遍。如同是快进的电影画面，一帧帧飞过，停不下来。乔琳拉了她一下，伸手指了指天空。在天空的最远端，一只绿色的风筝，正在一点点升起来。

许妍停下来，和乔琳仰头望着天上。那只风筝垂着两条长长的尾巴，像只真正的燕子。它在大风里探了个身，掠过低处的黑云，又向上飞去。

许妍和她的邻居站在酒吧的屋檐下。邻居说，好像又下雨了。

她笑着说，有什么关系呢。邻居说，我希望下雨，这样土能好挖一点。许妍晃了晃她的短发，你说什么？邻居说，我的狗死了，我等会儿去埋它。它现在在哪里，许妍哈哈笑起来，你不会把它冻在冰箱里了吧？邻居的脸抽搐了一下，说我真的不想回家，我们能再喝一杯吗？许妍说，好啊，我家里有酒。邻居问，你男朋友呢？许妍说，分手啦。邻居说，遗憾。对了，什么时候能尝尝你做的饭吗，经常在走廊里闻见，特别香。许妍说，也可能是外卖。邻居说，不是，周围所有的外卖我都吃过。许妍问，你没有女朋友吗？邻居说，我喜欢的都不喜欢我。许妍说，你肯定有很多怪癖。邻居想了想，喜欢在浴缸里泡澡的时候吃橙子算吗？

雨下大了，他们跑起来。许妍踩到一个大水洼，雨水溅了一身。她笑起来。来到屋檐底下，邻居抖了抖身上的雨水，转过头来问，对了，你的表姐怎么样了？她的孩子好吗？许妍不笑了，望着他。

他说，有天晚上我下来遛狗，拿着手电乱扫，结果忽然在灌木丛边看到一个女人，躺在那里跟死了似的。我刚想喊保安，她睁开了眼睛，说没事，我只是晕倒了。我想扶她起来，但她说想再躺一会儿。我也不好意思丢下她，就坐在旁边，陪她聊了一会儿天。许妍问，她都说什么了？邻居说，忘了……哦对，她说，我肚子里的小家伙好像很喜欢北京，不想离开这儿，我就跟它说，你很快会回来的，你以后会在这里长大的……嗯，你表姐还说，让我到时候别忘了带我的狗和她玩……

许妍哭起来。乔琳从未说过要把孩子托付给她。然而她却知道孩子会来北京的，大概是笃信自己和许妍之间的感情，并且因为她了解许妍是什么样的人，也许比许妍自己更了解。那颗在掩饰和伪装中裹缠了太多层，连自己都无法看清的心。

许妍看向天空，好让眼泪慢点掉下来。她点点头说，孩子很快会来的，跟你的狗一起玩……

邻居说，狗死了啊，我今晚要去埋它……

许妍喃喃地说，你不知道那孩子有多乖，一点都不吵，你一逗她，她就咯咯笑个不停，是个女孩，很漂亮，眼睛圆圆的，穿着白裙子，像个小公主……

邻居说，哦，那我再养一条狗吧……

雨声淹没了他的话。许妍站在楼檐底下，静静听着外面的雨。她不知道能否照顾好孩子，以后会不会为了前途想要抛弃她。她对自己完全没有把握。可是此刻，她能感觉到手心里的那股热量。有些改变正在她的身上发生，她的耐心比过去多了不少。也许，她想，现在她有机会做另外一个人了。

穿白衬衫的抹香鲸

樊健军

豹皮樟担任教练之前，欢迎的队伍早已相当齐整，要说瑕疵，就是队员们彼此间的配合还不够默契，个别人的动作还不够完美。在马尾松的表哥到来之前，欢迎的队伍有足够的时间排练，豹皮樟毛遂自荐担任了他们的教练。他将他们集中到林场堆放木材的场地上，那儿总有地方空着。

豹皮樟说："从今天开始排练，谁也不能请假，更不能缺席，谁缺席谁就是咱们林场的敌人！"

他跳上一个矮木墩，像他父亲那样吼着嗓子，挥舞着手臂，说话的方式同他父亲如出一辙。所有的孩子一声不吭，注意力全都集中到了木墩上。欢迎马尾松表哥的仪式是极为严肃而神圣的，没有谁认为他在开玩笑。

他仿效他父亲做了一根鞭子，每次训练时都带着它，仿佛随时要把它派上用场。

"一二一。"

"左右左。"

"向右边摆动。"

"动作要大一点，倒向右边，倒向右边！栗子，你长着耳朵没有？！"

豹皮樟气急败坏，朝叫栗子的男孩扬起了鞭子，就要劈头盖脸抽过去。栗子受到鞭子的威胁，努力向右边倾斜身子。他们都清楚，豹皮樟的性格是有遗传的，他父亲不折不扣执行马尾松父亲的旨意，从来不会歪曲，哪怕一根头发丝粗细的偏离也不会有。豹皮樟训练时的参照对象是马尾松，马尾松走步时习惯朝右边摆动身体，幅度还不小。体育老师都很宽容他，不去纠正马尾松走步时的姿势，豹皮樟更没有理由要求他改变多年来养成的习惯。

林场的孩子不多，就二十来个。几个女孩子想参与，马尾松不答应。剩下十几个男孩子，每个孩子都必须从鞭子下走一遍，走一遍不满意，就走第二遍，第三遍，豹皮樟满意了才会放手。

"甜楮，你的步子小一点，别迈那么宽。"

"白蜘蛛，你别他娘的像个蜘蛛，走正步，不是爬，不是爬，知道不？！"

孩子一个个走过了鞭子，没走过的队伍越来越短。那走过了鞭子的，不允许离开训练场地，而是被动或主动留下来围观。那些被鞭子恐吓出来的诸种丑态，就像一种黏性极强的胶水，牢牢地粘住了他们的脚步。这种时候要赶走他们都不容易，甚至他们在暗暗期待着发生点什么。

"棕榈，抬起头，眼睛看着我。"

"大果，把手摆动起来。"

"……"

没走过的队伍更短了，就剩两个人：水蛇和抹香鲸。

训练开始之前，豹皮樟就让水蛇给大家示范过，水蛇的一举手一投足，就像马尾松的孪生兄弟，分不出彼此。水蛇就是马尾松的影子，或者替身。果真，水蛇在众目睽睽之下毫无悬念地走过了鞭子，甚至在走步的同时朝大家得意地咧着嘴。

往后，所有的目光都锁定了抹香鲸。

那时候，他们都不明白抹香鲸是种什么稀奇古怪的植物，是树还是草，是藤萝还是荆棘。他们的外号都是林场里的那些伐木工或放排工喊出来的，唯独抹香鲸例外，他的名字最早出自于抹香鲸的父亲之口。

抹香鲸的父亲是个瘦高个，脸瘦削而苍白，鼻梁上架着眼镜。他们一家人是在一个夏天的黄昏挑着简陋的铺盖卷儿来到林场的。抹香鲸的父亲虽然个子高，力气却不如一个女人，伐不了木，也放不了排，给他安排个怎样的工作，马尾松的父亲伤透了脑筋。无所事事一个星期后，抹香鲸的父亲得到马尾松的父亲允许，开始在林场有限的墙壁上涂涂写写。墙壁的高处够不着，抹香鲸的父亲就会搬来桌椅垫脚，或者架起梯子。抹香鲸的父亲爬上桌椅，或者上了梯子，拿东西不方便时就会朝身后的男孩叫喊："抹香鲸，拿支毛笔给我。"或者说："抹香鲸，颜料盒，颜料盒在哪儿呢？"

林场的孩子都听到了，那个同他父亲一样瘦瘦高高的男孩叫抹香鲸。

抹香鲸比他们高出半个脑袋，穿着白衬衫。

"你，走过来！"豹皮樟拿鞭子命令他说。

抹香鲸没有立即走过来，而是犹豫了一下，瞧了瞧豹皮樟手中的鞭子。鞭子不只鞭打过他们当中某个人的大腿，有可能还鞭打过地面，鞭梢沾上了可疑的脏物。抹香鲸脱去白衬衫，将它叠齐整了，放在一根干净的杉木上。杉木剥去粗皮的时间可能不长，树身仍洁白着。

"抹香鲸，你磨蹭什么，还不快点儿！"

豹皮樟抖动鞭子，鞭子摩擦空气发出嗖嗖的呼啸声。

抹香鲸只穿了个背心，踩着他们刚刚留下的足迹朝豹皮樟走过去。

"抹香鲸，肩膀放低点，身体摆向右边。"豹皮樟冲抹香鲸喊叫。

抹香鲸好像没听见豹皮樟的喊叫，既不放低肩膀，身体也不向右边摆动。他昂首挺胸，迈动长腿，一步步朝他们走了过来。豹皮樟还没来得及叫喊第二遍，抹香鲸已经站到了那条线路的尽头。

"抹香鲸，倒回去，重走一遍！"豹皮樟恼羞成怒，扬起了鞭子，但因为隔着距离，鞭子没有抽中抹香鲸，而是落在了地上。

几个孩子跟着嚷嚷："抹香鲸，倒回去！抹香鲸，倒回去！"

抹香鲸在围剿他的喧嚣声中回到了起点。

"这一次你最好放老实点，否则打断你的腿！"豹皮樟拖着鞭子，跑到了同抹香鲸平行的位置。

抹香鲸无辜地朝豹皮樟微微笑了笑。

"开始！"豹皮樟喊起了口号，"左，右，左。"

"抹香鲸，身体摆向右边，肩膀要压低一些。"

抹香鲸咕噜说："体育老师都不是这么教的。"

他别扭地朝右边歪了歪肩膀，但很快恢复了之前的姿势。他的腿长，步子宽，同豹皮樟不在一个步调上。豹皮樟不得不小跑着才能赶上他。

"抹香鲸，你把步子放小一点！"豹皮樟将鞭子在半空中甩了一个回合，鞭梢距离抹香鲸的脑袋就差那么一点点。

抹香鲸并没有因此放慢脚步，相反有加快的迹象。这无疑在挑衅，豹皮樟忍耐不住，鞭子朝抹香鲸的腿部斜扫过去。抹香鲸早有预防，随便一抬腿，就躲过了呼啸而来的鞭子。豹皮樟被激怒了，左一鞭，右一鞭，招招奔向抹香鲸的大腿。抹香鲸左闪右避，鞭子全落在了空处。围观的孩子发出连串的哄笑声，在林场除了马尾松外，没有哪个孩子敢这么戏弄豹皮樟。豹皮樟发狂了，嗷叫一声，鞭子劈头盖脸抽向了抹香鲸。不管谁挨着这一鞭，不皮开肉绽才怪呢。抹香鲸面无惧色，躲闪的空隙，寻个机会一把揪住了鞭子。豹皮樟的个头小，力气也小，抽不回鞭子，一张脸涨得通红。

"抹香鲸！"马尾松在松木堆上大叫。

围观的孩子闻声收住哄笑，都拿眼睛盯住抹香鲸，抹香鲸才撒了手。

豹皮樟无处发泄愤怒，转头一鞭子抽向了抹香鲸的白衬衫，那洁白的衬衫上立刻留下了一条肮脏的鞭痕。

　　马尾松的表哥要来林场参观的消息是马尾松的父亲带回来的。每隔一段时间，马尾松的父亲就会进城向马尾松的表舅汇报林场的工作。间隔时间的长短并不固定，有时几个月，有时才几天。据说马尾松的表舅领导着数十个林场，他们所在的林场只是其中之一。马尾松的父亲每次进城都会捎带一些林场的山货，说是让马尾松的表舅尝尝鲜。马尾松的父亲带进城的有野猪肉，野麂肉，野兔，山鸡，蛇，以及木耳，蘑菇，还有竹参，竹蛋。有时还会带上几根山鸡尾毛，一把山果，几支豪猪箭。也带过竹编的小昆虫，比如蝉，蝴蝶，和蜻蜓什么的。有个伐木工老会编这些，闲来无事时就编些小玩意儿消磨时光。

　　马尾松后来才知道，那些小玩意儿，包括山鸡尾毛，山果和豪猪箭，都是送给马尾松表哥的礼物。马尾松的表舅家有个男孩，比马尾松要长一两岁。马尾松曾经缠着父亲带他进城去见表哥，父亲嘴上答应着，却始终不兑现。马尾松从父亲带进城的那些东西猜想，表哥的喜好同林场的孩子差不多，至于其中的差别，就很难想象。

　　几次纠缠失败后，马尾松不再对父亲抱有幻想，也渐渐淡忘了城里的表哥。马尾松的父亲最近一次进城是在几天前，一大早从林场出发，第二天黄昏时才回到林场。马尾松的父亲是在饭桌上将马尾松的表哥要来参观的消息告诉马尾松的。

　　马尾松的父亲说："你陪着你表哥好好玩玩，不能欺负他，不能让他受委屈，要带他到最好玩的地方去玩，不能让他摔着碰着，要是发生什么事，小心你的耳朵。"

马尾松的父亲经常拿耳朵威胁马尾松，每次犯了错，都会拎住他的耳朵惩罚他。马尾松的父亲惩罚孩子的办法好像在林场推广了，马尾松他们的耳朵比别处孩子的耳朵要长那么一点点。那一点点就是被他们的父亲拎出来的。

马尾松兴奋得一晚上都没有睡着，父亲的郑重其事预示着表哥即将来到林场。第二天一大早，马尾松就将表哥要来的消息告诉了豹皮樟，豹皮樟也同他一样，激动得打了个尿战，险些尿了裤子。豹皮樟又将消息传播给了水蛇和其他孩子。孩子们都跟着激动起来，林场在山沟里，平常很难见到新鲜面孔，何况将要来参观的人是马尾松的表哥。他们聚在一块儿，你一言，我一语，给马尾松出主意。有三件事必须做足准备：第一，所有孩子列队欢迎马尾松的表哥，一个也不许少；第二，确定去哪些地点参观，参观什么内容；第三，给马尾松的表哥赠送什么礼物。

豹皮樟嚷嚷着，由他担任队列训练的教练，他的理由很简单，在学校他是体育委员，曾替代过体育老师指导同班同学做早操。灯台莲被允许代表所有孩子给马尾松的表哥送花，送花时要佩戴红领巾，花朵也由她采集。灯台莲是马尾松的妹妹，马尾松的表哥也是灯台莲的表哥。其他孩子见被豹皮樟和灯台莲夺了头功，都很着急，讨论后两个问题时一个个抢着发言，生怕自己被冷落了，被忽视了。

大果说："夏天到了，可以去河里游泳，去捉螃蟹，捞鱼虾，还可以看我爸爸他们捡死羊。"

大果的父亲是放排工，把搁浅在岸边的树木重新放回河里，行话就叫捡死羊。

"要是表哥不会游泳怎么办？出了危险怎么办？"马尾松反问。

大果被问住了，涨红着脸，默不作声退到了一边。

粗榧说："上山摘杨梅，捕蝉，捉小鸟。"

灯台莲插话说："捉小鸟太残忍了！"

马尾松盯了一眼灯台莲，灯台莲嚓起嘴，吐了吐舌头。

栗子说："上山捡栗子，板栗子，尖栗子，毛栗子，都有。"

豹皮樟鄫夷说："春天哪来的栗子？"

栗子就噤声了。

商量到最后，他们才决定，马尾松的表哥如果夏天来，就上山采杨梅，摘山桃子，捕蝉，到山沟里捉石鸡。秋天来呢，就去捡栗子，摘猕猴桃，说不定还能逮到小松鼠。最有趣的该是春天，可以爬到山顶上去看杜鹃花，可以捡蘑菇，摘草莓，拔小竹笋，还能喝到蜂蜜。到了冬天就难办了，山沟里大雪封门，无处可去，顶多看看雪景。大山里的雪景同别处不同，足够时间长，也足够壮观。

白蜘蛛说："可以去捉山老鼠。"

白蜘蛛的父亲会捉山老鼠，逮到山老鼠就烤着吃，香喷喷的，马尾松的父亲就曾让他烤过两只山老鼠带进城去，也就那一次，之后马尾松的父亲没再带过山老鼠进城，估计马尾松的表舅不喜欢。

白蜘蛛的馊主意遭遇了马尾松的白眼球，白蜘蛛丢了脸面，悄无声息躲去了人背后。

赠送的礼物倒很容易找到，马尾松收藏的东西不少，山鸡的尾毛，一拃长的野鹿角，两三寸长的野猪牙齿，木头手枪，木剑，弹弓，漂亮的马鞭，甚至有一张五六尺长的完整的蛇皮。其他人也有不少收藏，只要慷慨，谁都自觉把最好的东西拿出来，精挑细拣，绝对能找到适合的礼物。

后来大果说："我让我爸爸给表哥做把二胡。"

大果的父亲会捕蛇，马尾松的蛇皮就是大果的父亲送给他的，据说那张蛇皮就能蒙上两把二胡。

粗框说："我让我爹给表哥做把竹笛。"

粗框的父亲会吹笛子，吹的笛子都是他自己用小竹子做的，用竹膜做笛膜。不捡死羊的时候就吹笛子，有时是清早，有时是月夜，就会听到粗框父亲吹响的笛声，婉转得走哪都听得见。

灯台莲又出主意说："让老扎匠编只喜鹊。"

老扎匠就是那个拿竹篾编蝴蝶蜻蜓的伐木工。

豹皮樟说："干脆让他编条龙。"

说完他随即哈哈笑了，为他自己奇丽的想象而得意。

最后确定送给马尾松表哥的礼物为：七根山鸡尾毛，一把二胡，一根长笛，两只竹编的翠鸟，一个野猪牙齿做的胸坠，一根精致的马鞭，一对一拃长的野鹿角，一枚用果核挖的口哨。如果能逮到活的小野兔，到时再让老扎匠编只兔笼，连笼带兔送给马尾松的表哥，肯定会招他喜欢。后来豹皮樟又贡献了一枚石蛋，石蛋比鸭蛋稍大，表面上长有好看的花纹。是个放排工在河里捡到的，偷偷送给了豹皮樟的父亲，豹皮樟的父亲没敢声张，豹皮樟就说自己捡的，还夸张说是龙蛋，一直藏着没敢拿出来。

抹香鲸接连几天都没出现，估计他的衬衫被弄脏后受到了他父母的责罚。有一次，豹皮樟远远看见抹香鲸穿着白衬衫走了过来，以为来找他们，谁知他却拐个弯走向了另一个方向。他对他们视若无睹，或者故意躲避他们。豹皮樟内心很焦急，却又不敢将焦急告诉马尾松，怕马尾松会瞧不起他。如果抹香鲸重新加入他们，豹皮樟不知该怎么对付他，特别是如果抹香鲸不配合排练，更是找不到惩治他的办法。若是打架，豹皮樟先就怯场了，抹香鲸比他高出半个脑袋，他不是抹香鲸的对手。

马尾松没有留意到豹皮樟的焦急，他的注意力全放在准备赠送表哥的礼物上。马尾松将他们准备的情况报告了他父亲，他父亲似乎很满意，还表扬了他。马尾松的父亲说："这是对你最好的锻炼，将来你肯定能接替老爸的位置，当上林场的场长，不，应该比老爸更有出息，像你表舅那样，进城当林业局长。"马尾松趁他父亲高兴时追问："表哥什么时候来？"马尾松的父亲皱了皱眉头说："会来的，你把该准备的事情都准备好，可不能怠慢了你的客人。"

马尾松听了父亲的话既高兴又紧张，怎样才不会怠慢了客人，林场就这么些孩子，就那么些玩的地方，要是会变戏法就好了，手那么随便掐弄几下，一个新鲜的花样就出来了，再掐弄几下，又一个新鲜的花样出来了。马尾松不会变戏法，林场的孩子也不会变戏法，就是林场那么多的伐木工和放排工，也找不出一个会变戏法的。

马尾松在内心叹口气，让孩子们先把礼物集中起来。豹皮樟的父亲亲手制作了一根马鞭，大果的父亲在赶做二胡，粗榧的父亲打磨了一根漂亮的长笛，还在竹林中弄到了厚厚一叠做笛膜的竹膜。老扎匠编织了两只翠鸟，果真栩栩如生，好像正展开翅膀在水面上捕鱼呢。轮到编龙时，老扎匠却犯难了，都说有龙，可龙是什么模样，没人见过。豹皮樟很后悔出了这馊主意，不但没给自己长脸，反而让他在马尾松跟前难堪。山沟里的村庄有舞龙灯的习惯，但那种龙灯身架巨大，九个人合力才能舞动它。况且那龙灯的龙并不好看，简陋得就剩几截竹篾制作的竹篓子。将那些竹篓子凑合在一起就组成了一条龙，将那样一条龙送给马尾松的表哥显然不妥，若是那样还不如不送。

马尾松正要将它从礼物的名单上划去，抹香鲸却无意中解除了豹皮樟的难堪。孤独几天后，抹香鲸又同他们混在了一起，山沟里太狭窄，也太寂静，如果不同他们一块玩儿，就没其它去处。抹香鲸并不知晓礼单上的那些东西都是送给马尾松表哥的，以为都是马尾松的东西。或许为了讨好马尾松，或者缓和同他们的关系，抹香鲸给了他们一幅图画，画面上是一条张牙舞爪的龙，仿佛正腾云驾雾从他们的头顶飞过。这图画比山村里的龙灯不知漂亮多少倍，真有这么一条龙，马尾松都舍不得送给他表哥了。那老扎匠也啧啧称奇，一个劲地夸赞抹香鲸心灵手巧，居然画得出这精美的图画。

礼物收集齐整后，马尾松就专注于欢迎仪式的训练了。豹皮樟向马尾松建议，每个孩子轮流担任教练，谁也不能例外，包括抹香鲸。这是豹皮樟的父亲教给他的办法，训练中如果有谁不听话，每个轮流担任教练的孩子就可以拿鞭子惩罚谁。如果每次训练都不听话，那他就成了所有孩子的敌人，他们就会集中力量来对付他。豹皮樟对他父亲的办法将信将疑，但还是交出了那根作为惩罚工具的鞭子。

第一个接任教练的是白蜘蛛，他的个子小，步子也小，之前挨过豹皮樟的训斥，可能想着要把丢失的面子挣回来，鞭子在手，模样立马变得比以往凶狠百倍，耷着头发，龇牙咧嘴，像个小狼狗，每个从他鞭子下走过的孩子都战战兢兢，生怕哪儿出了差错。抹香鲸仍旧穿着白衬衫，可能不是挨过豹皮樟鞭子的那一件，衬衫不单洁白，还挺括。经过白蜘蛛的鞭子时，抹香鲸象征性地朝右侧歪了歪肩膀，有可能恐惧白衬衫会成为牺牲品。白蜘蛛也没多追究，豹皮樟都拿抹香鲸没奈何，他更没必要给自己招惹麻烦。

白蜘蛛风平浪静将鞭子交到了棕榈手上。棕榈是个羞怯的孩子，豹皮樟训练时就很紧张，换了他来做教练就更不知所措，鞭子都不知往哪儿放。他像个犯了错的孩子，谁也不敢看，只敢盯着自己的脚指头。一轮走下来，哄笑不断，气氛轻松了不少。

栗子想同白蜘蛛一样振作，但孩子们似乎不把他放在眼里，加上棕榈的散漫，栗子当教练的效果比棕榈更差劲。豹皮樟就给粗榧丢眼色，要他赶快接过栗子的鞭子。

粗榧上场时，孩子们的情绪还没能从哄笑中走出来。有孩子受到了粗榧的责罚，大腿上不轻不重挨了一鞭子。抹香鲸大概被这种训练弄厌烦了，又恢复到了之前的情形，平时怎么走步，训练时仍旧怎么走步。

粗桎拿鞭子指着抹香鲸说："你的右肩，倒向哪边？"

抹香鲸并不理睬他的警告，依然我行我素。

粗桎扬起鞭子，朝抹香鲸的后背抽过去，抹香鲸往前蹿一步，鞭子落在了空处。粗桎再挥一鞭子，抹香鲸连蹿几步，同粗桎拉开了距离。再要追赶时，抹香鲸已经逃得很远了，粗桎的个子同抹香鲸不相上下，跑起步来却比抹香鲸慢了许多。粗桎停下脚步，抹香鲸也停住了，还回头朝粗桎做了个嘲弄的鬼脸。粗桎面红耳赤，追下去不是，归队也不是，就傻傻地站在那里。

粗桎之后没人愿意接鞭子了，鞭子半推半就落在了水蛇手中。水蛇本就是马尾松的影子，抹香鲸的行为早就惹恼了他，可脸上并没有丝毫表现，甚至比谁都要轻松。水蛇挥舞着鞭子，做了一连串滑稽的动作，逗引得训练场上笑声不断。他在不知不觉间运动到了抹香鲸身边，抹香鲸还没来得及提防，大腿上早挨了一鞭子，鞭子去得毫不犹豫，似乎将他的大腿抽折了。抹香鲸痛苦得弯下腰抱住了右腿，鞭子却没有因此住手，接着抽中了他的右胳膊，还有一鞭落在了他的脊背上。他的白衬衫上留下了好几条突兀的印迹。

水蛇说："我叫你笑！我叫你不听指挥！"

鞭子继续往抹香鲸身上招呼。

抹香鲸接连挨了几鞭子，防卫乏力，挣扎着，逃出了鞭子的阴影。他的右腿受伤不轻，跑动起来一扭一拐，好像个瘸子。

水蛇并不追赶，拿鞭子戳着抹香鲸的背影说："你们瞧瞧，谁的姿势有他标准？对，摆向右边，听话，动作还可以大一点，很好，继续保持，别受不得表扬！"

抹香鲸走后，孩子们很是忐忑，担心抹香鲸的父亲会来报复。水蛇却不惧怕："是他搅乱了咱们排练，活该挨揍！"孩子们的担心似乎是多余的，抹香鲸的父亲并未来兴师问罪，有时撞见他们还会讨好地笑一笑，闭口不提抹香鲸挨揍的事。水蛇那一鞭子的确够抹香鲸受的，接连几天，都没见他出门，再见到他时腿伤似乎还没痊愈，走起路来摇摇晃晃，身体摆动得厉害。

豹皮樟适时收回了鞭子。排练照常进行，没有抹香鲸的参与，他们的动作整齐划一，如同一个模子里铸出来的。他们不能在马尾松的表哥跟前丢丑，不能让他小瞧他们。他们相信他们已经做得够好了。有一天，马尾松的父亲陪着一个从县城来的人在林场走动，碰巧撞见他们在排练。那个从县城来的人长咦了一声问："那些孩子怎么了？是不是营养不良？"

马尾松的父亲陪着笑脸说："他们在玩游戏呢。"

那个从县城来的人好像相信了马尾松父亲的解释，不再理会他们，在马尾松的父亲陪同下转到别的地方去了。

豹皮樟他们的训练平静得有几分单调，可谁也不敢掉以轻心，生怕会沦为又一个抹香鲸。抹香鲸没有归队是个遗憾，训练时少了波澜，孩子们好像也因此少了兴致。马尾松也担心，万一表哥来访时遇见抹香鲸，恰巧他又不在欢迎的队伍中，表哥会不会觉得抹香鲸对他不尊敬，会不会以为孩子们不听马尾松的话。马尾松将顾虑告诉了豹皮樟。

豹皮樟说："会回来的，他不回来上哪儿去呢？"

豹皮樟有豹皮樟的道理。

几天过去后，抹香鲸的腿伤好全了，果然又回到了孩子们当中。训练依旧进行，但没有之前紧张了，动作也没有之前要求严格。更多时候，孩子们将训练当成了一个无聊的游戏，走着走着，就闹出了别的动静。谁能让孩子们对一件事情怀有持久的兴趣呢。马尾松的情绪也受到了影响，表哥来访的时间似乎遥遥无期。马尾松催问过好几次，他父亲每次都拿相同的话回答他："会来的，应该快了。"

父亲的回答让马尾松莫名的紧张，如果表哥事先不通知他们，突然来到林场怎么办。总有那么一些人，谁也不通知，突然出现在林场。马尾松的父亲被这些突然出现的人搅弄得都有些神经衰弱了。马尾松觉得不能让训练松懈，否则就有可能因此怠慢他表哥。

豹皮樟的鞭子又开始挥舞了。他在收回鞭子前就想到了对付抹香鲸的办法，是水蛇的做法启发了他，如果让抹香鲸的右腿受点伤，就不愁他的动作不标准了。最好是长久一点的伤害，如果几天又痊愈了，抹香鲸不再合作就难办了。豹皮樟将想法告诉了水蛇，水蛇眨巴了几下眼睛，毫无顾虑答应了。水蛇的表情有几分兴奋，他的眼睛闪闪放光。水蛇将豹皮樟的想法扩散给另外几个孩子，粗榧怕马尾松小瞧了自己，立马表示赞同，何况之前还被抹香鲸嘲弄过。大果有些犹豫，但最后迫于他们几个的压力也答应了。

他们挪动了训练场地，从堆放木材的空旷地带挪到了几堆木材之间，那里空间窄小，还避人耳目，一般情况下很少会有人光顾，更不要说抹香鲸的父亲。豹皮樟故作轻松，问了抹香鲸一个愚蠢的问题："抹香鲸长有几条腿？"

抹香鲸嗤了一下鼻子，没有回答他。他不知道他的高傲让孩子们很是反感。也许就是因为这个原因，他没少吃苦头，最终付出了惨痛的代价。

他们刚刚转入一堆树木背后，水蛇就率先发难了，扑上去死死箍住了抹香鲸的腰，抹香鲸抖动身体想把他甩出去，甩了几次都没成功。粗榧和大果见状赶忙跳过去，一左一右扭住了抹香鲸的胳膊。甜槠冲上去揪住了抹香鲸的头发。白蜘蛛拧住了抹香鲸的一只耳朵。栗子也想钻进去，无奈接近不了抹香鲸的身体。豹皮樟也被粗榧他们挡住了，扬起鞭子，却找不到下手的地方。棕榈涨红了脸，眼神慌乱，不知朝向哪儿。水蛇声嘶力竭地叫喊："豹皮樟，你他妈的脓包啊，还不动手？！"

抹香鲸被水蛇的叫喊刺激了，挣扎得越发厉害。几个人纠扭成一个球体，朝附近的一堆树段子撞过去。另几个孩子见缝插针，你一手我一脚，球体更圆滚了。就在这混乱中，不知怎么触动了那堆树段子，轰隆隆一阵乱响，树段子瞬间垮塌了。孩子们四散而逃，可是抹香鲸被埋在了孩子堆中的最底部，逃离迟缓了一步，一根树段子砸中了他的额头，将他砸趴下了。之后，他再也没有机会挣扎，翻滚的树段子立刻把他连同白衬衫一块儿吞没了。

马尾松的表哥终究没有来。

马尾松的父亲也没有解释马尾松的表哥为什么没到林场来。

孩子们训练的队伍走着走着就散了。马尾松收集的那些礼物坏的坏，烂的烂，都成了垃圾。

后来，林场也解散了。孩子们各奔东西。

许多年过去之后，他们搞了一次聚会，是水蛇发起的，差不多所有孩子都来了，缺席的极个别。他们聚在一块儿喝酒聊天，追忆往事，也谈论这些年的风风雨雨，各自的幸与不幸。林场的生活给他们留下了非常深刻的记忆，掏鸟蛋，捕蝉，到河里捉鱼捞虾，冬天里诱杀山老鼠，艳丽的雄山鸡尾毛，鲜红的野草莓，脆嫩的小竹笋，肥美的蘑菇，杨梅又酸又甜，猕猴桃鲜美多汁……一切都那么清晰，像打下的烙印，抹都抹不掉。他们在林场的空地上走动，那些老房子多少还在，有些被拆除了，留下的被修葺一新。房客都是陌生的脸孔，马尾松的父亲去世了，豹皮樟的父亲搬进了县城，余下的人家由于种种原因，都从山沟里迁了出去。这更给了他们物是人非的慨叹。他们谈论大果的父亲制作二胡，粗榧的父亲打磨长笛，还谈到了会编蝴蝶蜻蜓的老扎匠，以及别的伐木工和放排工。

有些墙壁上还残留着抹香鲸父亲的字迹，笔势飞动，奔放流畅。

甜槠问："抹香鲸的父亲是个语文老师吧？"

白蜘蛛纠正说："不对，好像是大学中文系的教授。"

话题慢慢转移到了抹香鲸身上，他们都选择了沉默。好长一段时间，只有他们囊囊行走的足音打破静寂。

后来是水蛇主动挑起了话题："还记得那根鞭子吗？"

水蛇后来当了兵，在部队训练时没少挨骂，没少挨罚，才把走步的姿势矫正过来。其实其他孩子也经历了水蛇类似的过程，都做了很大努力去矫正各自的姿势。

棕榈说："当然记得，我还挨过你一鞭子呢，小腿上淤紫好大一团，几个星期才消退。"

栗子跟着说："我是第一个挨你鞭子的人。"

水蛇又问："还记得鞭子是什么做的吗？"

豹皮樟说："好像是细竹根。"

水蛇再问："为什么要用细竹根做鞭子？"

豹皮樟摇摇头，有些迷惑。

大果问："为什么呢？"

白蜘蛛鹦鹉学舌："为什么呢？"

水蛇说："细竹根很有韧性，不容易折断，而且长有密集的竹节，每个竹节外围都有精致的突起，那些突起就像精美的雕刻。"

"长在水边岩石上的细竹根最好。"水蛇补充说。

甜槠说："你就胡诌吧。"

水蛇越过甜槠的嘲讽，对其他人说："走吧，我们还欠抹香鲸一回教练呢。"

他们记起了为迎接马尾松表哥的到来而准备的排练，的确，每个孩子都曾担任过教练，唯独抹香鲸没有。抹香鲸被树段子砸中后，就埋葬在林场宿舍附近的山坡上。那里地势相对平坦，阳光充足。他们找到抹香鲸的坟墓时，坟墓成了一个草堆，坟沟里还长了一棵杉树，杉树超过人高了，杉树的针叶青翠得闪光。

水蛇是第一个从抹香鲸坟墓前正步走过的人。他抬头挺胸，腰板笔直，一举一动保留着军人的威武。第二个走过的是白蜘蛛，挺着啤酒肚，步子不疾不缓，身体不歪不扭，这似乎是他离开林场后的生活写照，从容不迫，轻松自如。之后是豹皮樟，甜槠，大果，粗榧，棕榈，栗子……他们都身板笔直，步履端正，全然没有了过去的影子。他们都很认真，丝毫不敢随意，仿佛抹香鲸就穿着白衬衫举着鞭子站在他们旁边，或者他们要向抹香鲸证明什么……落在最后面的是马尾松，如果放在以往，那该是抹香鲸站立的位置。

马尾松可能没想到会有这么一出，迟疑了好长一会儿，才挪动脚步。他的姿势没有变化，每走动一步，身体就会朝右边倾斜。他们似乎才发现他是一个瘸子，有些人惊讶地张开了嘴。他们彼此交换了一下怀疑的目光，才确认了造成他身体歪扭的原因，他的双腿似乎并不等长，右腿好像比左腿短了那么一小截。他们谁也没有说出这个原因，就静静地等候在坟墓的另一侧，瞅着马尾松一扭一拐走过来，马尾松的身体摆动得并不厉害，向右边倾斜的幅度也不大，好像在极力控制着。马尾松走到坟墓前方正中的位置，突然有了意外的举动——他面对坟墓站定，向萋萋荒草深深弯下了腰。

一只肥胖的蝗虫因此受到惊吓，从草丛中蹦起来，划过一道弧线，落入了不远处的草丛中。